서린의 검

김중완 장편 소설

FUSION FANTASTIC STORY

서린의 검 1

김중완 장편 소설

초판 1쇄 찍은 날 § 2013년 3월 20일
초판 1쇄 펴낸 날 § 2013년 3월 22일

지은이 § 김중완
펴낸이 § 서경석

편집부장 § 권태완
편집책임 § 어정원
디자인 § 신현아

펴낸곳 § 도서출판 청어람
등록번호 § 제1081-1-89호
등록일자 § 1999. 5. 31
어람번호 § 제1-1563호

주소 § 경기도 부천시 원미구 심곡2동 163-2 서경B/D 3F (우) 420-822
전화 § 032-656-4452 팩스 § 032-656-4453
http://www.chungeoram.com
E-mail § chungeorambook@daum.net

ⓒ 김중완, 2013

ISBN 978-89-251-3216-7 04810
ISBN 978-89-251-3215-0 (세트)

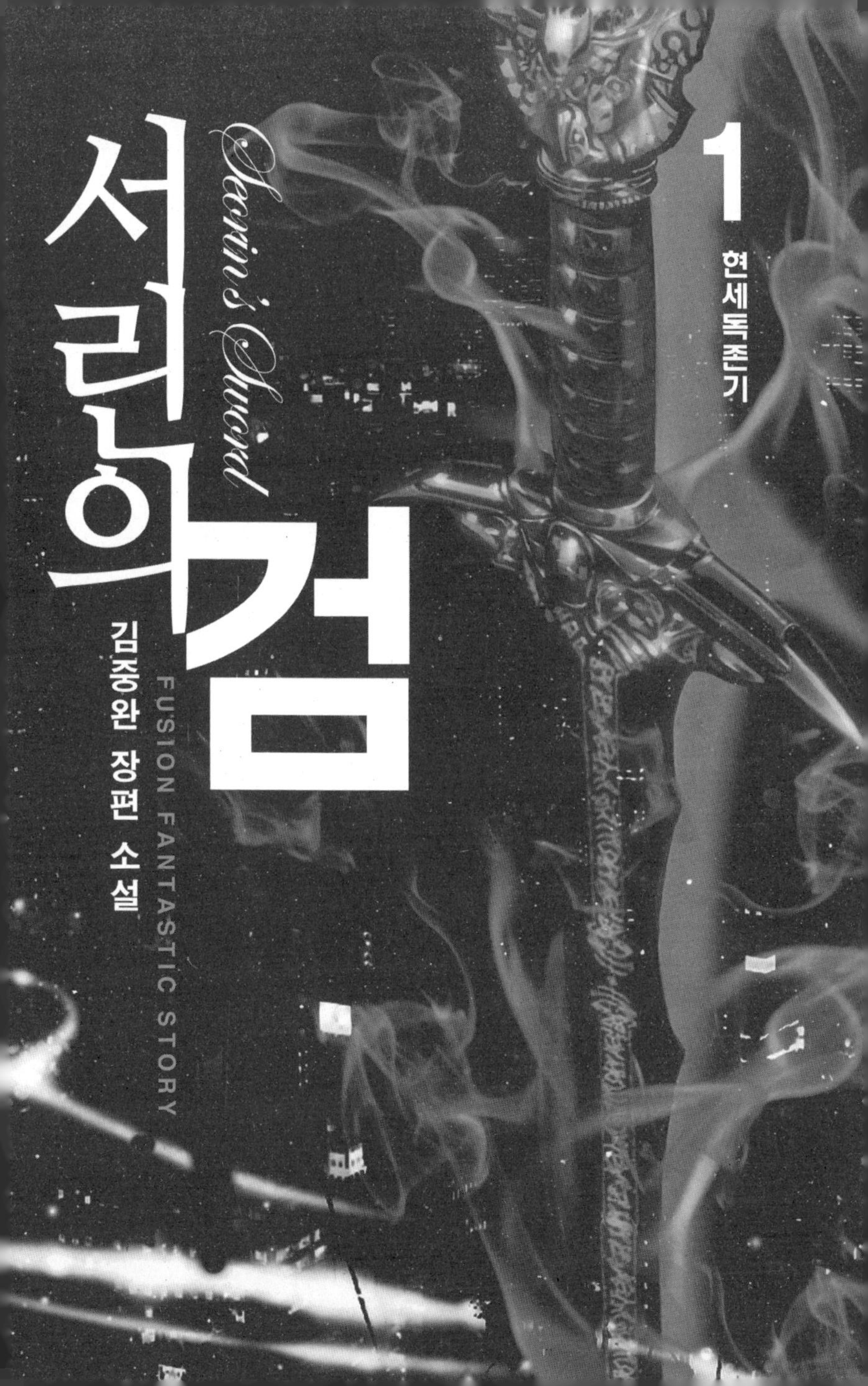
서린의 검
Seorin's Sword
1
현세독존기
김중완 장편 소설
FUSION FANTASTIC STORY

CONTENTS

프롤로그

Seorin's
Sword

—언제부터 그들을 가리켜 마스터라 칭했는지 모른다. 어쩌면 그 어원은 진실을 탐구하는 자들, 마도의 존재들로 인해 시작됐을 것이다.

위대한 고대인의 문명에서 시작된 프라임 마테리얼의 승천법.

각 지성 종족을 막론하고 하나의 공통점이 있다면 이 승천법이 모든 비전의 근원이 됐단 사실이다. 그리하여 마법, 주술, 소환술 등 지성 문명에 각인된 새로운 비전 체계가 들어서기 시작했고 이는 곧 가장 번성한 지성 종족인 인간에 의해 마도라 통칭되어 왔다.

그러나 마도를 근원하는 힘의 원천인 '마나'에 속했음에도 마도의 법주에 인정되지 않는 힘.

어떤 술식이나 지성적인 방법, 혹은 비전을 포함한 그 모든 행위. 즉 극렬한 수행을 통해 육체의 한계를 초월하여 피륙을 기반으로 궁극에 달한다는 강대한 권력체.

그 확률이란 예기치 않는 천문의 일식처럼 돌연히 어떤 선을 넘어 물리적 권능을 소유하는 것.

등장하는 즉시, 마도 역사상 가장 위대한 자들에게 붙이는 칭호인 '마스터'의 경외를 앗아간 존재들.

역사는 이에 해당되는 존재를 가리켜 '검의 주인'이라 기록하고 있었다.

턱, 소성과 함께 꽤 두텁게 만들어진 책자의 겉표지가 닫혔다. 두텁고 거친 수염의 노인은 온화한 미소를 지으며 손에 든 책을 탁자 위에 놓았다. 동시에 손의 주인은 과연 기사의 국가답다라는 생각을 하다가 무릎에 힘을 줬다.

양피지와 깃펜이 놓여 있는 꽤 질 좋은 책상 한쪽으로 그의 발길이 닿았다. 뒷짐을 진 그는 슬그머니 햇볕에 발을 밀어 넣었다.

살짝 먼지가 낀 유리 너머로 맹렬한 파동이 밀려온다. 먼지 한 올 밀치지 못하는 파동이지만 다른 의미에서의 파동은 힘찼다. 그리고 활기찼다.

─으랏차! 하압!

귀를 기울여야 들릴 듯 말 듯한 소리지만 마음으로 받는 울림은 대해의 파도만큼이나 역동적으로 다가왔다.

"저들의 미래에 신의 축복이 함께하기를……"

흐려지는 말끝처럼 눈앞도 뿌옇게 탈색되어 갔다. 아쉽게도 매일같이 보던 풍경을 더 이상 볼 수 없을 것 같았다. 그러나 보지 않아도 그릴 수 있기에, 들리지 않아도 느낄 수 있기에 노인, 레오릭 알폰테의 마음은 편안하기 그지없었다.

턱.

마지막 힘을 다해 책상 한쪽에 비스듬히 놓인 고풍스런 장검을 손에 담았다.

"허허허, 녀석."

레오릭은 마치 혈육을 대하듯이 정성껏 장검을 쓰다듬었다. 검의 무게가 그 어느 때보다 가볍게 느껴졌다. 그는 긴 영면의 시간이 도래했음을 예감했다.

장검만큼이나 오래된 흔들의자로 몸을 뉘었다.

한결 편안해진 탓일까. 긴 세월의 파노라마가 빛살처럼 그의 정신을 일깨웠다.

가난한 몰락 귀족으로 태어나 먹고살기 위해 일을 해야 했던 어린 시절, 행진하는 기사들의 번쩍번쩍한 갑주에 넋을 잃은 소년, 레오릭…….

처음 만든 목검이 닳아 버려질 즈음, 몬스터 토벌군에 자원 입대한 청년 레오릭…….

공을 세워 기사 서임을 받은 레오릭…….

관작을 뿌리치고 파병 기사로 돈을 버는 레오릭…….

자신의 한계를 뛰어넘기 위해 세상 모든 검술서를 찾아다닌 레오릭…….

어느덧 중년이 되어 고국으로 돌아온 레오릭…….

소일거리로 시작한 아카데미 교관일이 천직이 되어 후임 양성에 힘쓰는 레오릭…….

포크에 호밀빵의 무게가 느껴질 즈음, 왕족들조차 존중하고 공경하는 인물이 된 레오릭…….

전장을 질타하던 기력은 쇠할 대로 쇠하고 호령하던 목청은 주름 아래 잦아들었으며 끝내는 마지막 벽 앞에서 무릎 꿇은 노기사 레오릭…….

"허허, 죽음은 만인에게 공평한 영면인 것을……. 하면 어찌하여 끝내 이 아쉬움을 버리지 못하는 겐가?"

미련이 남는다. 그가 일생토록 꿈꾸던 것은 부귀영화도 아니요, 명예도 아니요, 평안도 아니리라. 지금 마지막 때에 이르러 솔직히 고백하는 심정이란 궁극의 진화를 위한 추구,

혹은 육체를 갈고 닦는 자에게는 누구나 꿈꾸는 높디높은 경지.

갈라진 입술에서 최후의 긴 숨이 토해지고 이 숨은 노회한 육체에 마지막 기력을 일깨웠다.

꾸욱!

뼈만 남은 앙상한 손아귀가 검병을 믿기 힘들 정도로 강하게 움켜쥐었다. 동시에 신경을 타고 올라오는 그 든든함! 이 묵직함!

레오릭은 새삼스레 기억에도 까마득한 어린 시절을 떠올렸다.

아니, 죽음을 앞두고 회상된 기억의 잔재가 아니라면 결코 지금에 와서 느끼지 못했을 것이다.

그때도 그랬다.

첫 목검을 잡던 순간,

그 든든함!

그 묵직함!

'아아, 그랬던가?'

그의 내면에서 끊임없는 탄성이 울려 퍼졌다. 주인은 힘을 잃어도 검은 힘을 잃지 않았다. 검은 무생물에 불과한 쇳덩어리지만 쥐는 사람에 따라 다른 형상으로 다가온다. 의기와 의념은 육체의 노쇠와는 상관없는 내면적 불멸. 내면의 그릇이 깨지지 않으면 이 역시 검과 같고 둘 모두 불멸한 것.

주인이 강해져도 검은 그대로고 주인이 약해져도 검은 그대로란 깨달음. 혹은 나와 사물의 이치.

다음 순간, 레오릭의 내면과 검의 본질이 일체화를 이루었다.

깊게 퇴적되어 있던 감정이 솟구치고 의념에 따라 광채가 솟구쳤다.

화르륵!

검이 타올랐다. 일순간을 수천 번 쪼갤 만큼 짧은 찰나에 용맹의 붉음이, 죽음의 어둠이, 고귀한 백열이, 생명의 푸름이 교차했다.

'아아아!'

필설 못할 탄생이 터져 나왔다. 감정의 토설이란 고통의 해방과도 비견할 절대적 희열. 레오릭은 해방으로 점철되는 죽음의 순간에 그토록 바라던 검의 해방도 이루었다.

그랬다. 검과 하나가 되는 경지.

인간의 한계를 초월하여 일신의 권력자에 입각하는 경지.

위대한 그 권력을 가리켜 '마스터'라 경외받는 존재.

기이잉!

기음이 터진다. 극도로 하나된 일체화가 강력한 결정화를 이루었다. 이야말로 마스터의 상징인 오러 블레이드!

이른바 세상의 그 무엇도 벨 수 있다고 알려진 최강의 무기. 뿐만 아니라 곧이어 시작될 육체의 재구성.

노화가 멈추고 막혔던 혈맥이 팽창할 것이다. 검의 단단함이 근골에 스며들고 검의 곧음이 심신을 굳게 할 터이다.

이것이 바로 소드 마스터의 육체를 만든다는 오러 디펜서 현상을 정의하는 내용이었다.

한데, 예기치 못한 문제가 발생했다.

육체를 포용해야 할 디펜서의 범위가 검으로 한정된 것이다.

이는 생명력의 부재에서 비롯된 어긋남.

레오릭은 마지막 숨을 토하면서 '오러'의 깨달음을 얻었다. 즉, 육체적인 죽음과 동시에 역설적인 진화를 이룬 셈이었다.

이는 가히 찰나지간.

숨 한 번의 차이로 죽음과 거듭남이 동시 선상에 섰다.

육체의 죽음은 이미 필연.

아무리 디펜서 현상이 시작됐다고 해도 이미 죽음에 이른 육체를 회생시키지는 못한다. 문제는 오러의 최초 응축률이 100이라면 디펜서 현상에 소진되는 오러의 범위는 최소 60이상.

이 막대한 오러는 시전자의 육체에 보호해야 할 생명력이 없자, 영혼력이라 불리는 에텔을 감싼 채 자신의 집으로 돌아갔다.

문제는 레오릭의 자아.

본래 물질이 없다면 기억도 없다. 육체가 소실되면 그저 입자만이 남을 뿐이다. 그럼에도 한 차례 육체를 휘감았던 오러 중 일부가 기억 세포를 복사해 레오릭의 자아가 유지되도록 만들었다.

이 모든 현상은 실로 눈 깜짝할 사이에 벌어진 일!

레오릭은 죽었으나, 그가 가진 오러의 힘과 기억은 검으로 이전된 것이다.

그저 숨 한 번 내쉴 짧은 시간. 생명이 소진되는 찰나의 시간. 또는 초를 수천 번 나눌 만큼 경이로운 깨달음의 순간.

이 모든 찰나가 겹쳐지는 미시간의 확률.

레오릭의 자아는 육체가 소실된 충격으로 깊은 잠에 빠져들었다. 그의 영혼력을 감싼 오러도 조타가 되는 주인이 잠들자 빛을 잃고 삭아들었다.

털썩!

우뚝 섰던 검은 레오릭의 품으로 떨어졌고 노기사의 고개는 아래로 내려갔다. 햇살이 따스하게 비추는 정오.

기사의 왕국이라는 바스텐의 존경받는 교육자이자, 나이트 아카데미의 교장인 레오릭 알폰테의 영면을 알리는 시각이었다.

CHAPTER **01**
검의 도래

어린 시절, 난 골목대장이었다. 화목한 부모님 밑에서 그리 부유하진 않지만 부족함 없는 유년기를 보내고 있었다. 그러다가 초등학교 고학년에 접어들 무렵, 상황이 달라지기 시작했다. 우선 학교 끝나고 맞아주시던 어머니의 모습이 어느 날부터인가 보이지 않았다. 울고 불며 난리치는 내게 아버지는 아무 말 없이 눈물만 흘리신 기억이 난다. 나중에야 안 사실이지만 어머니는 암이었다. 그것도 완치가 희박하다는 3기의 폐암.

인권 변호사인 아버지는 딱 먹고살 만큼만 벌어오던 가장이었고 가진 것이라곤 약간의 예금과 오래된 집 한 채가 전부였다. 아버지는 어머니가 입원한 지 반년 만에 집을 팔았고 나는 이사하는 날에야 병원에 누워 있는 어머니를 만날 수 있었다. 그리고 그날, 어머니의 옆에는 내게 이모라고 불리던 분이 서 있었다.

날 무척 귀여워해 주시던 그분은 어느 날부터인가 우리 집에 들르는 날이 많아졌고, 또 어느 날부터인가 아버지랑 함께 나가는 시간이 많아졌다. 하지만 어린 나는 알지 못했다, 그게 무슨 의미인지를.

그렇게 시간이 흘러 어머니가 돌아가시고 아버지가 재혼 결심을 밝힌 뒤에야 나는 깨달을 수 있었다, 아버지가 어머니를 배신했단 사실을. 아니, 돌이켜 따진다면 어머니를 잃은 분노를 하잘 데 없이 분출한 나의 심통이었지만.

계모는 소위 말하는 재벌가의 외손녀였다. 그저 그런 재벌가가 아니라 대한민국 대기업 중에서도 손꼽히는 고위 가문의 상속녀. 그런 배경이 있기에 내가 어떤 사고를 쳐도 아버지 몰래 뒤처리를 해주곤 했다. 이렇듯 어긋난 심보를 불사르며 미친 듯이 방황하는 내 중학생 시절에는 항상 계모의 보살핌이 있었다. 물론 이 시절의 나는 그런 계모의 배려에도 불구하고 지독한 독설로서 반항을 일삼았다.

그러던 어느 날, 나는 드디어 계모가 본색을 드러냈다고 생각했다. 내게 그토록 자상하던 아버지가 강제적인 영국 유학을 명령했으니까. 하지만 그날 밤에 나는 계모의 울음 섞인 목소리를 듣고 이율배반적인 감정을 느껴야 했다.

"으흐흑, 제가 더 잘할게요. 저 어린 것이 얼마나 외로우면 저러겠어요. 수진이도 우리 아들이 가족의 품에서 떠나는 걸 원치 않을 거예요. 여보, 제발……. 흑흑."

비행기를 타는 내내 나는 계모의 목소리가 잊히지 않았다. 아니, 그 후로 오래도록 잊지 못했다…….

영국 왕립 아카데미는 세계의 유력 자제들이 모이는 최고 수준의 하이스쿨로 불리는 곳이었다. 총원은 불과 백 명. 하지만 지난 수십 년 동안 총원이 다 찬 적은 한 번도 없었다고 한다. 그만큼 입학 절차가 까다로운 학교였다. 그럼에도 적은 학생수에 가당치 않을 만큼 그 편의 시설이란 호화롭기 그지없었다. 머리가 좀 클 무렵부터 재벌인 계모의 손에 부족함없이 지낸 나였지만 이 아카데미의 규모란 게 입이 벌어질 만큼 상상을 초월할 정도였다. 그리고 그 규모만큼이나 나는 이곳에서 왜소하기 그지없는 존재였다.

한국에 있을 당시 나는 또래 사이에서는 우상이나 마찬가지였다. 누구도 나를 함부로 대하지 못했다. 그런데 이곳에서는 달랐다. 유럽계 학생들이 주를 이루는 이곳에서 나는 외국인이자 최하위의 인간밖에 되지 못했다.

반면, 나와 같은 외국인 학생들, 전체의 10%도 안 되는 그들은 소수답게 진정한 의미에서의 귀족 계층이었다.

각기 자국의 정, 재계를 좌지우지하는 수백 년 전통의 유서 깊은 가문의 후계자들. 이에 비해 계모의 가문은 작은 반도 국가인 대한민국 내에서나 위세를 떨치는 신생 재벌가 정도에 불과한 셈이었다.

훗날 알게 된 사실이지만 나는 이곳에 입학할 자격이 되지 못했다. 유럽인도 아닌 내게 계모의 배경만 가지고는 어림도 없는 일이었다. 그런데도 입학이 허가된 것은 놀랍게도 오래 전에 타계하신 할아버지의 인맥이 작용한 결과였다.

젊은 외과 의사였던 할아버지는 영국 학회에 참석코자 수도인 런던으로 가다가 유명한 테러 사건에 휘말렸다. 영국 역사서에도 실린 이 사건은 1980년대 아일랜드 공화국의 독립을 외치는 IRA라는 테러 조직의 런던행 기차 납치 사건이었다.

당시 기차 내 승무원의 반항을 진압한단 명분으로 몇 명의 테러리스트가 총기를 난사했는데 그 기차 칸에는 할아버지가 타고 있었다고 한다. 하지만 다친 사람은 할아버지 혼자만이 아니었다. 승무원을 포함하여 여러 명이 죽고 다쳤지만 훗날

인연이 된 사람은 한 젊은 신사였다.

총탄에 맞은 신사는 그대로 뒀다면 죽었을지 모를 중상이었지만 다행히 외과 의사인 할아버지가 손을 써 목숨을 구할 수 있었다. 하지만 할아버지는 그때의 상처가 도져 오래 살지 못하였다. 그런 할아버지의 타계 직전, 영국 왕실에서 사람이 나왔는데, 그는 비밀을 조건으로 왕실의 숨은 비사를 들려주었다.

그게 뭐냐면, 할아버지가 구한 신사가 바로 저 유명한 엘리자베스 여왕의 손자인 찰스 왕세자라는 사실! 그는 왕실의 반대를 무릅쓰고 사랑하는 여인을 만나기 위해 신분을 감추고 홀로 기차에 올랐으나 하필 그 기차가 테러에 휩싸이면서 죽을 고비를 맞이한 것이다.

왕실 시종은 할아버지의 희생정신을 기리며 몇 가지 보상안을 제시했다고 한다. 바로 영국 귀족의 작위와 거액의 보상금이었다. 그러나 이미 할아버지는 작위를 받기 위해 거동할 수 있는 상태가 아니었다. 때문에 어쩔 수 없던 시종은 보상금만을 남긴 채 훗날을 기약하며 아버지가 크면 찾아오라고 일렀다고 한다.

그렇게 오랜 세월이 흐르고 아버지는 그때 받은 보상금으로 무사히 법과 대학을 졸업하여 가정을 이루고 내가 태어났다. 어쩌면 아버지는 그때부터 염두에 두었을지도 모른다.

이 왕립 아카데미를 졸업하면 상상을 초월하는 커리어를 쌓게 되는 셈이니까. 굳이 명문대를 가지 않고도, 혹은 어떤 커리어를 추가하지 않고도 그 자체만으로도 최고로서 인정받는 커리어!

그렇게 아버지는 말썽쟁이 자식을 선대의 작위를 대신하는 조건으로 영국 왕실의 추천장을 받아냄으로써 왕립 아카데미라는 배경을 그려주었다. 어쨌든 역사상 추천장을 통해 왕립 아카데미에 입학한 사람은 손에 꼽을 정도였다. 그중에 타국인은 내가 최초였다. 당연히 나는 또래들의 주목을 받았다. 하지만 그 관심만큼이나 비웃음에 시달렸다.

본래 소수의 외국계 학생들은 주류인 유럽계 학생들로도 어쩌지 못하는 부류였다. 이들은 국적을 무시할 만큼 대단한 배경을 자랑하고 있었다. 그러나 나는 달랐다. 작은 나라인 한국의 재벌가 정도야 코웃음치며 무시할 만큼 이들의 자존심은 대단했다.

물론 나는 또 달랐다. 계모에 대한 반항 심리로 사고를 치던 나는 한국에 있을 당시에도 학교 최고의 문제아였다. 수백 명이 다니는 학교에서도 꿀리지 않았는데, 백 명도 안 되는 종자들한테 꿀릴까봐?

이런 우악스런 심정을 안고 이를 악물며 들이박았다.

문제는 아카데미 학생의 절대 다수가 그저 배경만 탄탄한 부류가 아니라는 데에 있었다. 한국 같으면 조건에 상관없이 일단 싸움은 된다. 설령 다수가 덤벼도 한 명만 조지면 그 다음부터는 인정받게 마련이었다. 그런데 여기서는 일대일로도 이기지 못했다.

이유는 단순했다.

이들은 운동에 능했다. 혹은 개개인이 숙련된 펜싱 선수였으며 격투기와 검도까지 구사할 줄 아는 부류였다.

마구잡이 싸움에 익숙한 나로서는 상대가 되지 못하는 게 당연했다.

그날도 그랬다.

야외 펜싱장 한쪽에서 나는 연습을 빙자한 구타를 당한 채 버려졌다.

피를 흘리며 우두커니 누워 있던 내 얼굴로 빗방울이 쏟아졌고 내 처참한 심정만큼이나 어두운 구름이 하늘을 덮기 시작했다.

우르릉, 쾅!

런던의 비구름은 한국에 있을 때와는 비교를 불허하는 굉음을 토해낸다. 빗방울은 얼굴을 가릴 정도로 굵고 천둥 번개는 눈이 아릴만큼 번뜩인다. 바로 그즈음 운명의 순간이 도래하였다. 내가 나로서 회상하는 지금의 기억조차 마치 타인의 일처럼 관조할 수 있게 된 계기.

쾅!

한 줄기 거대한 번개가 펜싱장 위에 세워진 커다란 기사 동상을 정면으로 후려쳤다.

만약 동상에서 흐르는 빗물이 펜싱장 전체와 이어져 있었다면 나 역시 죽었을지 모를 그런 상황. 하지만 당시의 나는 생전 처음으로 눈앞에서 목격한 번개에 넋이 나가 뭔가에 홀린 것처럼 동상으로 걸어갔고 또 무언가를 발견했다.

부서진 동상의 잔해 속에 번뜩이는 그것!

고풍스런 장검이었다. 얼마만큼 오래된 유물인진 몰라도 외형을 구별하기 힘들 만큼 길고 커다란 장검!

검신을 타고 녹물이 흐른다. 가슴 어림께로 들어 올렸다. 마치 번개의 잔류가 남은 것처럼 표면이 번쩍였다.

빗물에 맞아 부서질 만큼 오래된 걸까?

돌연 쭉쭉 검 날에 금이 가기 시작했다. 그러더니 콰직!

내 기억은 여기서 잠시 끊어졌다. 정신이 들었을 때는 빗방울은 옅어지고 있었다.

멀리서 사람들이 달려오는 소리가 들렸다. 여전히 내 손은 검을 쥐고 있었지만 번뜩이던 날은 어디 갔는지 보이지 않은 채 손잡이만 남아 있었다.

*　　　*　　　*

2012년 7월의 어느 날.

한국인 강서린의 눈이 뜨였다. 암막 커튼 사이로 옅은 노을 빛이 스며들었다. 그는 깊게 눈을 감았다가 뜨며 침대에 걸터앉았다. 사실 자명종이 울린 것도 아니고 누구와 약속이 되어 있던 것도 아니다. 다만 바깥에서 울려오는 파동이 강하게 느껴질 뿐이었다. 이곳은 그만의 보금자리. 딱히 하루 종일 잔다고 해서 방해받을 여지가 없는 곳.

방해할 사람이라면 세상에 두 명뿐이지만 그 둘 모두 외국에 나가 있었다.

덜컥.

강서린이 문을 열고 나오자 아래층 계단으로 앞치마를 두른 젊은 가정부가 총총히 뛰어 올라왔다.

"아, 도련님, 깨어나셨네요. 식사부터… 아니지, 내 정신 좀 봐. 그보다 손님이 오셨어요."

강서린을 발견한 가정부가 다급한 얼굴로 손짓하며 말했다. 가정부라 불리기엔 터무니없이 아름다운 미인의 손짓이었지만 강서린의 시선은 다른 데에 있었다.

"손님이라……."

강서린은 고개를 살짝 끄덕이며 얼핏 시계를 보았다. 오후 6시 10분. 저녁을 먹기에 적당한 시간이다. 하지만 한번 낮잠

을 자면 밤늦도록 깨지 않는 그에게는 다소 이른 시간이라고
말할 수 있었다.

"이러고 있을 게 아니라 어서 옷부터 입으셔야죠."

가정부는 허리춤에 손을 얹은 채 총총히 뛰어와 강서린의
방문을 열었다. 그녀는 앞장서며 강서린과 함께 방으로 들어
갔다.

사실 굳이 갈아입고 자시고할 것도 없었다. 그는 청바지 위
로 아무것도 걸치고 있지 않았으니까.

가정부의 발길이 우측 벽면에 닿았다. 언뜻 보기엔 아트 타
일로 멋을 낸 벽이지만 버튼 하나를 누르자 회전하며 커다란
드레스 룸으로 바뀌었다. 주름 하나 없이 펴진 셔츠들이 눈으
로 세기 힘들 만큼 켜켜이 진열되어 있었다. 그중 가정부의
손에 들린 것은 블랙 계통의 감청색 셔츠.

"호호, 안 그래도 요즘 블랙 컬러가 유행하는데 도련님께
서 이걸 입으시면 정말 멋지실 거예요."

마치 연인처럼 다정한 손길로 셔츠를 입혀 주는 그녀의 손
길이 상위 단추 두 개쯤 남겨둔 채 머리 위로 올라갔다.

스륵, 하고 마치 연인처럼 부드럽게 쓸어주는 손길. 넘어가
는 머릿결도 짙은 검정색.

그의 머리칼은 헝클린 느낌을 주면서도 묘한 야성미를 풍
겼다. 반면에 흑발 아래의 여린 얼굴선과 티없는 피부는 소년

같은 느낌을 주기도 했다. 하지만 가정부, 손지연은 누구보다 그의 숨겨진 진면목을 잘 아는 사람이었다.

'도련님을 오래도록 보지 않았다면 나도 몰랐을 거야.'

그녀는 홀린 듯 강서린을 보다가 자신도 모르게 얼굴을 붉혔다. 그런 그녀의 귀로 저음이지만 미성에 가까운 듣기 좋은 육성이 들려왔다.

"방을 정리해야 할 테니 먼저 나가겠다."

"아! 아, 네."

엉겁결에 대답한 손지연은 천천히 멀어지는 사내의 등을 보며 자신도 모르게 한숨을 내쉬었다.

'휴, 한두 살 먹은 어린애도 아니고 매번 정말! 내가 이렇게 될 줄 누가 알았을까?'

한국에서 최고로 쳐주는 일류대학교의 비서학과를 수석으로 졸업한 그녀였다. 뿐만 아니라 3년간의 경영학 대학원을 수료하고 국대 굴지의 대기업에 입사하자마자 임원급 비서실의 팀장을 거쳐 불과 1년 만에 회장의 비서실장으로 승격할 만큼 입지전적의 커리어를 쌓던 과거가 불과 2년 전이었다.

남자라면 어떤 조건과 외모를 가지고 있어도 눈길 한 번 준 적이 없었다. 또 비서의 일이란 게 그렇지만 사람을 상대함에 있어 항상 차분한 태도는 기본이었다. 더욱이 급수가 올라가는 비서직일수록 냉정하기까지 해야 했다.

2년 전에도 분명 그랬다. 돌연 회장님이 불러 외국 유학을 가는 아들을 전담해서 챙겨달란 지시를 받을 때만 해도 비서의 직분에만 충실하려 했다.

대기업의 비서에게 회장 일가의 시중이란 업무의 절대 비중을 차지하는 일이었다. 물론 처음부터 이렇게 붙어서 시중을 들던 건 아니었다. 그녀 자신은 엄연히 실장급 비서.

주기적으로 찾아가 주변 환경이나 편의를 관리하는 일을 하지, 직접적인 시중은 사람을 고용하는 것으로도 충분했다.

그런데 세 번, 혹은 네 번째로 찾아갔을 무렵이었다.

'맞아, 그 일이 시작이었어!'

손지연은 멀지 않는 과거의 사건을 잠시 되새김질했다.

그날, 도련님이 살고 있는 집으로 일단의 무리가 쳐들어 왔었다. 소위 말하는 폭주족 형태의 갱단이었다.

바깥을 지키던 경호원에게 이 사실을 전해 들은 그녀는 당시만 해도 '도대체 무슨 짓을 벌이고 다니는 거람?' 이란 짜증을 삭이며 수화기를 들었었다.

회장 아들이 문제아란 사실은 익히 들어 알고 있었다. 그래서 폭주족의 등장에도 크게 당황하진 않았다. 한국과 달리 서양 세계의 십대들은 심심찮게 갱들과 어울리기 때문이다.

그녀는 경찰을 부르는 정도로 대처했다.

영국은 자타가 공인하는 선진국. 게다가 저택의 위치가 런던 중심부에 위치해 있으니 신고 정도의 조치로도 충분하고 넘친다고 생각했다.

하지만 웬걸?

대문이 부서지고 바깥의 경호원들이 안쪽으로 피신 온 다음에야 사태의 심각성을 인지하게 됐다. 3분, 5분, 10분이 다 되어가도록 경찰은커녕, 사이렌 소리조차 들리지 않았다.

손지연은 뭔가 심각한 문제가 있음을 깨닫고 서둘러 위층으로 달려갔다. 2층은 강서린의 전용 공간이었다. 그녀의 관리 대상인 강서린은 그녀가 오기 전부터 잠을 자고 있었다. 평상시 같으면 굳이 깨우면서까지 심기를 건드릴 필요가 없었다.

손지연은 몇 번의 경험을 통해 이 어린 도련님이 누가 깨운다고 해서 일어나는 성격이 아님을 잘 알고 있었다. 하지만 위급한 상황이었다.

손지연은 서둘러 방문을 열었다. 그런데 뭐라 입을 열기도 전에 침대에서 상체를 일으키는 도련님의 모습을 볼 수 있었다.

부스스한 몰골의 강서린은 반개한 눈을 살짝 꿈틀대며 침대 한쪽으로 손을 뻗었다.

당시 손지연은 자신의 눈을 의심했다.

도련님이 잡은 것은 일종의 검이었다. 마치 중세 시대에나 나올 법한 길고 굵은 검!

그런데 미처 다 놀라기도 전에 도련님의 모습이 사라졌다. 한번 눈을 껌벅이자 열려 있는 2층 창문을 발견할 수 있었다.

'도련님?'

창문턱에 태연히 서 있는 사내.

바람이 들어와 얼굴에 닿았다. 번뜩 정신을 차리고 황급히 입을 열려고 했다. 하지만 너무 놀라 입만 뻐끔 거릴 수밖에 없었다. 떠오르는 장면을 한마디로 표현한다면?

그야말로 전광석화!

강서린은 일말의 머뭇거림도 없이 창밖으로 뛰어내렸다. 손지연은 저택의 구조를 너무도 잘 알고 있었다.

런던의 저택들은 벽돌 구조로 되어 있다. 때문에 창밖은 절벽처럼 반듯했다. 벽돌 아래로 잔디밭이 있지만 떨어지는 충격을 막아줄 정도는 아니었다.

즉, 떨어지면 죽거나 최소한이 중상이었다.

명석한 손지연은 그 자리에 주저앉았다. 너무 기막히고 황당해서 입을 열 정신조차 없었다.

머릿속에는 피투성이가 된 채 쓰러져 있는 강서린의 모습이 떠오르고 있었다.

그녀가 정신을 차린 것은 불지불식 공포에 찬 비명 소리가 귀에 닿은 직후였다.

"으아악!"

떨리는 다리를 부여잡고 창가로 걸어갔을 때 그녀는 재차 자신의 눈을 의심했다.

쇠창살로 만들어진 울타리 안쪽으로 목불일견의 참상이 펼쳐져 있었다. 갱으로 보이는 수십 명의 사람이 사방에 엎어져 있었는데 팔다리가 성한 자가 없었다. 꺾이고 구부러져 있다. 그럼에도 그들 중 움직이는 사람은 없었다.

'누가? 누가 비명을 질렀지?

사람이 너무 놀라면 현실 감각을 상실하게 마련이었다. 당시의 손지연이 그랬다. 그녀는 멍한 얼굴로 자신도 모르게 시선을 움직였었다. 그리고 볼 수 있었다, 지루한 듯 느릿하게 걷고 있는 도련님의 모습을. 이어서 그 앞을 미친 사람처럼 뛰고 있는 폭주족 한 명도.

강서린의 손이 슬쩍 흔들렸다. 그러자 폭주족이 돌부리에 걸린 것처럼 넘어지면서 움직임을 멈추었다.

손지연은 온몸이 전율함을 느꼈다. 도련님의 전신에서 알 수 없는 무언가가 느껴졌다. 그의 걸음 한 보 한 보에 숨이 턱턱 막혀왔다.

한참이 지나서야 손지연은 간신히 이성을 차렸다.

뭔가 큰일이 벌어질 것 같단 예감이 치밀었다. 그리고 이 예감은 현실이 되어 지난 2년 간, 셀 수 없이 많은 경악과 탄성을 자아내게 만들었다.

그랬다.

그녀 자신은 지난 2년의 시간에 매료되어 있었다.

'만약 지금까지의 일을 회장님께 보고 드렸으면 어떻게 됐을까?'

가끔 이런 질문을 스스로에게 던지곤 했다. 하지만 답을 낼 수 없었다. 결코 자신에게 허용된 행동이 아니었으니까. 하지만 이제는 달랐다.

도련님의 나이 올해로 스무 살. 애초부터 소년이라 부르기에 가당치 않을 만큼 대단했던 사내가 어른이 되어 고향으로 돌아왔다.

'과연 여기서는 또 얼마나 큰 풍파를 만드실까? 뭐, 두고 보면 알겠지.'

그녀는 가슴 속에 치미는 묘한 열기를 조용히 감내했다, 지난 2년간 그랬듯이.

*   *   *

강서린은 자신의 집에 찾아올 손님을 대충 예상하고 있었다. 의모께서 무뚝뚝한 성격의 아들을 위해 깜짝 초대를 준비했다라는 게 아침 일찍 손지연이 건넨 언질이었다.

"홋, 녀석이 아니면 부를 사람도 없었겠지."

누가 올지는 군이 물어보지 않아도 뻔했다. 때문에 여간한 것에는 꿈쩍도 하지 않을 만큼 숙면에 빠지는 그였지만 오늘은 달랐다. 아니, 그래야만 했다. 명색이 질풍노도의 시기를 함께한 친우가 방문한 것이니까.

강서린이 나오자마자 아래층 소파에서 누군가 펄쩍펄쩍 뛰며 달려왔다.

"우하하하! 대장! 대장!"

덩치 큰 곰 같은 인상의 사내. 예전 같으면 징그럽다고 발로 찼겠지만 오랜만에 보니 감회가 새로웠다.

강서린의 입매가 보일 듯 말 듯 올라갔다.

'철우.'

약한 자들의 대변자, 정의감 넘치는 조폭 등등의 별명으로 불렸던 강남 천신중학교 멘탈 서클의 일 인. 자신의 제일 부하를 자처했던 철우는 겉보기에 미련하지만 상위 인문계인 천신 중에 입학했을 만큼 머리가 좋았다. 까놓고 말한다면 은근히 약빠른 구석이 있었다.

중학 시절, 이 약빠른 곰한테 덤볐다가 뒤통수 맞고 질질 따던 녀석들이 꽤나 많았었다. 반면에 단 한 사람에게는 정말 곰처럼 굴었었다. 지금도 마찬가지였다. 순박하리만치 반기는 그를 보며 강서린의 입매에 가는 미소가 스쳐갔다.

"그리해서 바닥이 꺼지겠나."

"우하하! 하하⋯⋯."

재빨리 소파로 몸을 날리는 철우였다.

"수고했다."

밑도 끝도 없이 한마디 툭 던지며 상석 소파에 앉는 그를 보고 철우는 찢어지게 벌어지는 턱을 억지로 다물어야만 했다.

'흐흐, 그럼 그렇지. 대장은 여전하구나.'

학창 시절, 약한 학우들을 괴롭히는 개같이 못된 무리랑 난투전을 벌리는 도중, 교실 한쪽에서 말을 걸어온 남자가 있었다. 자신보다 머리 하나 이상 작은 기생오라비 같은 놈이었다.

그는 자다 깬 듯 반쯤 감긴 눈을 들고 귀찮다는 듯이 왼손을 휘휘 저었는데 그 모습이 기막히고 어이가 없어서 그대로 달려가 찍어 눌렀다. 아니, 당연히 짜부시킬 수 있을 거라 여겼는데 눈앞이 번쩍이더니 바닥이 보였고 상대는 코웃음을 치며 반대편에 서 있었다.

그 후로 세 번을 대판 싸웠고 세 번 다 졌다. 엄밀히 따지면 힘으로 진 건 아니지만, 그 패기랑 기백에 두 손 두 발 다 들었다. 가장 마음에 드는 건, 그가 사람을 공평하게 본다는 사실이었다. 약하든, 강하든, 배경이 어떻든 간에 모두 귀찮게 취급한다.

좋은 의미에서의 공평함은 아니지만 아무려면 어떠리.

대장은 이러한 기질만큼이나 잘나가는 배경이 있었다. 그래서 주변에 사람이 꼬였다. 자신을 필두로 정의감 넘치는 부하들이 차곡차곡!

1학기가 끝날 즈음 명목상 이름 붙여진 서클이 바로 '멘탈'이었다. 대장은 별로 마음에 들어 하지 않았지만.

'멋지기만 한데 말이지. 흐흐'

물론 세월이 흘렀다고 해서 그 이름을 함부로 꺼낼 만큼 그는 바보가 아니었다. 남들은 대부분 자신을 미련하게 보지만 대장은 다르다.

그래서 예전에도 대장 앞에서는 서클 이름을 운운하지 않았다. 잘못하면 자신이 작명한 사실이 탄로나 뒈지게 맞는 수가 있으니까.

어쨌든 지금은?

아무리 마음으로 감복한 상대지만 지날 세월이 3년이다. 그것도 가장 중요한 고등학생 시절을 함께 보내지 못했다.

어떻게 변했을지 궁금했다.

오는 내내 소망이 있다면 예전의 그 사내대장부다운 모습이 남아 있길 바랐다.

그런데 웬걸?

철우는 보자마자 감을 탁, 하고 잡을 수 있었다. 그 무서우리만치 강했던 기백에 뭔가 모를 강함이 더해졌다. 호랑이에 날개가 달린 느낌이랄까? 그러니 잽싸게 자신도 바꿔야 한다. 달라진 대장 앞에 멋진 부하가 되어야 하니까.

철우는 이런 결심을 곧바로 실천했다.

"이제는 정말 상대할 인간이 없겠는데요. 흐흐."

친구 겸 부하처럼 앙탈을 부렸던 녀석이 이제는 대놓고 존대를 하며 눈치를 본다. 강서린의 눈매가 슬쩍 달라졌다.

"지겨운 녀석."

"흐흐, 계속 지겨워하십쇼. 바늘 가는 데 실가는 건 당연하다는 말씀."

"잔말 말고 일어나라."

그러자 철우가 두 주먹을 불끈 쥐며 열변을 터뜨렸다.

"오옷, 역시 대장은 화끈하다니까! 좋은 데로 모시겠습니다요. 우선 강남의 줄리아나가……."

퍽!

"시끄럽다."

뒤통수에 느껴지는 화끈한 통증. 그런데도 신음이 나오기보다 정신 나간 사람처럼 웃음만 나오는 철우였다.

"호호호! 그리웠다니까, 이 맛이."

"미친놈, 안 나가냐?"

"아, 옙!"

성큼 나가는 철우의 앞에는 은색의 포르쉐 한 대가 대기하고 있었다.

CHAPTER **02**

그의 등장

강서린은 요란스러운 걸 즐기진 않지만 썩 싫어하는 편도 아니었다. 부친에 대한 반항 심리를 풀기에 소음에 파묻히는 것도 꽤나 괜찮은 방법 중 하나였으니까.

그렇다고 춤을 추거나 과음을 하지는 않는다. 여자에 관심을 두는 것도 아니었다. 때문에 과거 서클 모임 당시에는 철우를 위시한 구성원들이 알아서 놀고 분위기를 맞추는 편이었다.

예전과 달라진 게 있다면 이번에는 당당히 성인 나이트클럽에 입장한다는 점이었다.

사실 예전 멤버들을 부르려면 부를 수도 있었지만, 철우는 2년 만에 갖는 대장과의 시간을 다른 사람들과 나누기 싫었다. 또 다른 녀석들이 어린 시절의 대장을 어떻게 받아들일지도 모르겠고 말이다.

'상관없다고. 예나 지금이나 대장의 제일 부하는 나지. 암!'

철우는 개선장군처럼 당당히 앞장서 걸었다. 그는 싸움만큼이나 노는 것도 좋아하는 편이었다. 그게 어느 정도냐면 서울의 유명한 클럽들은 줄줄이 꿰고 있었다.

싸움 다음에는 즐기자는 게 그의 신조였다.

그동안 놀면서 아쉬운 게 있다면 주머니 형평상 진짜 비싼 데서는 자주 놀지 못했다는 사실이었다.

"이제는 다르다고. 흐흐, 야! 이리 와봐!"

여러 유형의 클럽이 뜨는 요즘에도 줄리아나는 최고의 전통을 가진 밤 문화의 보고였다. 그런 만큼 진짜배기 손님들은 웨이터를 지명하는 게 보통이었고, 간혹 그게 아니라도 웨이터가 알아서 모시게 마련이었다.

물론 뜨내기손님들도 상당한 편이다. 대부분이 4만 원 기본 테이블에 2만 원 팁을 주고 놀다가는 뜨내기들.

좋은 말로 표현하면 어린 손님이었다.

그런 뜨내기 대다수가 어린 편에 속하니까.

어쨌든 이런 어린 손님들은 막내 웨이터가 담당했다. 진짜 돈 되는 손님은 윗선부터 상대하니까.

붕어처럼 입이 튀어나와 있어 자신의 별명을 붕어라고 지은 웨이터는 웬 무식한 덩치의 남자가 삿대질까지 하며 손짓하자 얼른 주변을 둘러보았다.

"아놔, 간만에 바깥에서 대기 중인데 하필 저런 뜨내기가 걸리냐."

주변에 다른 웨이터가 없는 걸 보고 투덜거림과 함께 움직였다. 척 봐도 없어 보이는 차림새에 덩치만 크지, 어린 얼굴의 뜨내기손님이었다. 무시하고 싶어도 정문에서 대기 중인 부장한테 걸리면 뼈도 못 추린다. 다른 손님이라도 같이 들어오면 그쪽으로 가겠는데 재수없게도 덩치 주변에 다른 손님은 없었다.

막내인 탓에 안에서 뻥이 치는 일이 많지, 바깥 대기는 운이 좋아야 어쩌다 할 수 있었다. 그러니 기분이 좋을 턱이 없었다.

"예예, 이쪽으로 오십쇼."

맥 빠진 웨이터의 몰골에 철우의 콧등이 훅 하고 올라갔다.

"야, 최고 명당자리로 안내해."

"예에?"

"귀가 먹었냐? 붕어라 귀가 없나? 이런 쑵, 가서 메인 불러와."

"뭐, 뭐 이런……."

웨이터의 인상이 달라졌다. 그러자 철우의 인상도 분노한 곰처럼 달라졌다. 막내라고 해도 줄리아나에서 웨이터 일을 할 정도면 어느 정도 경력이 있어야 한다. 붕어도 마찬가지여서 소위 진상 부리는 손님한테는 그 나름대로의 대처법이 있었다.

그런데 지금은 그 대처법을 쓸 수 없었다. 화를 내자니 상대가 너무 위압스러웠다. 뭐라고 반발했다간 저 덩치가 덮칠 것 같았다. 그렇다고 진상 손님 하나 상대하지 못해 메인을 부를 수도 없으니 이도 저도 못하고 엉거주춤.

그런 웨이터 붕어를 구원한 것은 장난처럼 날아오는 한 장의 수표였다.

"헉!"

웨이터 붕어는 헛바람을 들이켰다. 그리고 본능적으로 수표를 집어 들었다. 당연히 십만 원짜리 수표였다.

웨이터의 기본 급여라고 해봤자 한 달에 50만 원이다. 나머지는 팁으로 해결해야 했다. 그런 의미에서 수표 팁은 하루 일당이나 마찬가지였다.

10만 원을 벌기 위해서는 손발 다되도록 비위를 맞추며 서너 번 이상 부킹을 시켜줘야만 한다. 재수없으면 2만 원만 던지고 가는 손님도 부지기수였다. 그런데 시작도 하기 전에 10만 원이라니?

넋 나간 붕어를 보며 철우의 입이 씩 하고 올라갔다.

"안 가냐?"

"네, 넵!"

화류계에서는 돈이 최고다. 웨이터 붕어는 그걸 몸소 실천했다. 모욕감이고 뭐고 다 잊어버리고 부리나케 안쪽으로 뛰어 들어갔다. 그걸 보면서 철우는 팔짱을 끼고 음소를 흘렸다.

"흐흐흐, 짜식, 알아서 모셔야지."

대장이 내리기 전에 자신이 먼저 뛰어 들어왔다. 다른 데면 몰라도 줄리아나는 대접받는 데 약간의 시간이 필요했고 그걸 멀뚱히 기다리고 있을 대장이 아니기 때문이다.

"10만 원이야 대장이랑 먹을 술값에 비하면 껌값이지. 우히히."

"뭐하냐?"

뒤에서 들리는 나직한 미성에 철우는 화들짝 놀라며 돌아섰다.

"헉! 대장, 빨리도 오셨네."

"가자."

들어오는 강서린의 모습에 철우의 엉덩이가 선불 맞은 돼

지처럼 움직였다.

"으윽, 잠깐만… 에효!"

말린다고 듣는 대장이 아니니 잘못하면 10만 원만 날릴 판이다.

안에서 다른 웨이터가 자리를 안내하면 그걸로 끝이었다. 문제는 지명없이 오면 메인을 부르거나 하지 않는 이상, 높은 대우를 받긴 힘들었다.

10만 원으로 몇 배의 뽕을 뽑으려고 손을 비비던 철우는 쓴 입맛을 다시며 성큼 뒤를 따랐다.

"쩝, 하는 수 없지."

그렇게 몇 발자국 걷다 말고 철우의 주먹이 불끈 올라갔다.

"오예!"

"메인 새우깡입니다. 찾으셨다고요?"

약간 촌스러운 붉은 셔츠의 붕어와는 달리 검은 정장을 빼입은 중년의 웨이터가 허리를 숙이며 두 사람을 맞았다.

잠시 걸음을 멈춘 강서린의 손가락이 두 개 움직이더니 클럽 지갑을 꺼내 들었고 수표 한 장이 집혀 나왔다.

"좋은 걸로."

손님의 걸음이 다시 앞으로 향했지만 메인 웨이터는 잠시 경직된 채 자신이 잘못 본 게 아닌가, 하는 착각에 휩싸였다.

"허억! 백, 백만 원!"

아무리 봐도 수가 하나 더 많다. 십만 원권 수표 팁은 종종 받지만 백만 원짜리 팁은 일 년에 한 번 있을까 말까 한다.

없는 꼬락서니에 여자한테 자랑한다고 수표를 몇 장 던지는 손님이야 간혹 있지만 그건 돈이 많아서가 아닌 객기였다. 그래서 뒤로는 봉 취급하고 최대한 벗겨 먹으려고 하는 게 이 바닥의 생리였다.

하지만 입구부터 대놓고 백만 원을 던진다니?

이런 손님은 절대 객기가 아니다.

잠시 후 메인 웨이터는 조금 멍청한 얼굴로 전망 좋은 테이블에 앉는 두 사람을 바라보았다.

"뭐하쇼?"

덩치 큰 사내의 음성에 메인은 번뜩 허리를 접고 재빨리 주방으로 달렸다. 그는 클럽에도 몇 병 구비되어 있지 않은 최고급 양주를 빼내 왔다.

일반 테이블과 달리 이 젊은 손님들이 앉은 자리는 양주 전용 테이블. 물론 그래봤자 룸이 아닌지라 십만 원선의 싸구려 양주면 충분히 앉을 수 있었다.

하지만 메인 웨이터는 자신의 감을 믿고 정말 비싼 양주와 안주로만 쟁반에 담아왔다.

"2층에 새로 리모델링된 룸이 있습니다. 그쪽으로 모시겠습니다."

메인은 강서린을 보며 말했지만 반응은 철우가 먼저 했다.

"그냥 놓고 가죠. 우리 대장은 룸보다 바깥을 더 좋아한다고."

무식이 덕지덕지 붙은 말투에 중년 웨이터는 헛기침하며 머뭇대다가 다시 강서린을 보고 말했다.

"저희 클럽에서 가장 고가의 양주입니다. 한 병에……."

"못 들었나?"

"예? 아, 옙."

자신의 말을 끊은 묵직한 육성에 웨이터의 손이 어쩔 수 없다는 기색으로 쟁반을 내려놓았다.

능숙한 손으로 마개를 딴 웨이터가 두 손을 받쳐 들며 강서린에게 말했다.

"팁 감사합니다. 한 잔 올리겠습니다."

"좋을 대로."

무심하게 느껴질 만큼 고저가 없는 음성에 귀찮다는 듯이 쥐어 드는 술잔. 그리고 뒤이어 찌푸려지는 눈매.

"맛없군. 더 좋은 건 없나?"

"그, 그게… 죄송합니다."

중년 웨이터는 일순 등줄기에 오한을 느꼈다. 또 자신의 선택이 틀리지 않았음을 깨달았다. 상대는 거물이다!

삼백만 원이 넘는 로열 샬루트 30년산을 하찮게 취급하는 거물!

다음부터 시작된 건 갑절의 서비스였다. 상대를 만족시킬 경우, 중간 팁을 기대할 수 있다. 이미 메인이 백만 원짜리 팁을 받았단 소문이 퍼져 새끼 웨이터들도 몸이 달아 있었다.

물론 테이블 매상의 30%를 먹는 메인도 몸이 달기는 마찬가지였다. 때문에 아예 자신이 직접 나서서 최고의 여자를 물색했다.

"하하, 잘됐어. 마침 우리 나이트의 퀸이 계셨구먼."

멀리서 찾을 것도 없었다. 요즘 줄리아나를 찾는 미녀들 중 최고로 주가를 올리고 있는 미녀가 스테이지에 있었다.

메인을 따라다니던 막내 웨이터 붕어가 큰 입을 내밀면서 말했다.

"근데 룸도 아니고 오려고 할까요?"

"짜식, 그래서 네가 아직 막내인 거다. 여자들은 룸보다 양주를 먼저 보고 그 다음에 남자를 본다. 양주가 한 병 시켜놓고 깨작대면서 으스대는 허당들보다 저기 저 손님이 백번 낫지."

"저분도 아직 한 병인데……."

"아, 이 멍청한 새끼. 샬루트 30년산 한 병이면 원저 같은 일반 양주 30병은 넘게 깔 수 있는 거 몰라?"

"흐, 흐미! 양보다 질이네요."

"알았으면 얼른 다녀와, 인마."

"네에?"

"이런 썅, 그럼 명색이 메인인데 내가 직접 가서 애원하리?"

'아 시발, 저 도도한 퀸한테 망신당할까 봐 나보고 가란 거겠지. 더러워서 얼른 나이 처먹고 메인 달아야지. 아휴!'

메인한테 찍히면 고달프다. 몸만 힘든 게 아니라 수입이 줄어든다. 그러니 까라면 까야 했다. 웨이터 붕어는 터지는 욕설을 삼키면서 퀸이 있는 쪽으로 걸음을 뗐다.

막 쿵쾅거리는 스테이지에서 한껏 몸을 푼 이인혜는 올해 20살이 된 아가씨였다. 학창 시절에는 워낙 공부에 극성인 엄마 탓에 술집 한번 제대로 못 가봤다가 대학교에 들어가면서 뒤늦게 숨은 끼를 발견했다.

그녀는 땀이 날 정도로 춤을 추는 게 좋았다. 춤을 춘 뒤에 마시는 시원한 맥주는 그간의 시간을 보상하는 것처럼 달콤했다.

대학교에 올라와 만난 단짝 친구 두 명과 종종 줄리아나를 찾기 시작한 게 벌써 넉 달이 다 되어간다. 그동안 그녀의 미모에 혹한 수많은 남자가 대시를 해왔지만 대부분 불쾌한 얼굴로 거절했었다.

거절하는 횟수가 많아질수록 그녀 자신의 눈도 높아졌다.

물론 사람인 이상, 정말 멋지고 매너 좋은 남자한테는 끌리는 감도 있었다.

"인혜야, 너 좋다고 쫓아다니는 태수 씨 집안이 알아주는 재벌가래. 너 지금 안 받아주면 완전 후회할지도 몰라, 이 계집애야. 호호!"

"됐어. 그만해."

이인혜는 살짝 붉어진 얼굴로 친구의 눈을 피했다. 사실 빼고 있긴 하지만 자신도 어느 정도는 마음이 동하고 있었다. 지금 친구가 말한 태수란 사내는 구애하는 사내들 중 가장 앞줄에 있을 만큼 여러모로 조건이 좋았다.

'여자관계가 복잡한 사람만 아니면……'

나이트에서 퀸으로 대접받으니 자연스레 여러 소문을 접하게 마련이었다. 그 소문 중에 김태수에 관한 안 좋은 소문들도 있었다. 그래서 절절한 구애를 멀리했다. 자존심이 상할 법도 한데, 얼마 전에는 비싼 목걸이까지 선물하며 마음 다잡고 자신만 좋아하겠다는 고백까지 했다.

조금씩이지만 달라지는 인혜의 눈빛에 친구 임지영과 유한나는 물 만난 고기처럼 연신 김태수의 칭찬을 늘어놓았다. 둘은 친구를 꼬셔주는 대가로 가장 갖고 싶었던 명품백을 선물 받았다. 김태수가 준 일종의 뇌물이었다.

'아무렴 어때. 인혜한데도 좋은 일이잖아.'

이런 합의가 인혜 몰래 있었다.

"생긴 것도 그 정도면 일등급이지. 배경 좋지, 매너 좋지, 아휴! 나 같으면 바로 사귈 거야."

"너만 그러니? 태수 씨 정도 킹카면… 인혜가 정말 부럽다니까."

"그만 좀 하지 않을래?"

인혜의 얼굴에 불쾌감이 서렸다.

"계집애, 정색은……."

"호호, 알았어. 이따 얘기하자."

임지영과 유한나는 자신들의 친구가 보기보다 마음이 약하지만 한번 토라지면 남들보다 오래 간다는 사실도 잘 알고 있었다.

아니나 다를까.

인혜의 표정이 안 좋았다.

'어쩌지? 우리가 좀 심했나 봐.'

두 친구가 이런 눈빛을 나누는 찰나에 때 맞춰 웨이터가 등장했다.

"인혜 씨, 저 한 번만 살려주세요. 으흐흑."

대뜸 우는 시늉까지 하는 웨이터 붕어의 태도에 세 여자의 얼굴이 어설프게 바뀌었다. 하지만 이도 잠시, 임지영과 유한나의 얼굴에 재미있다는 기색이 서렸다.

그도 그럴 게, 초창기 출입 당시면 몰라도 반년 가까이 지난 지금에 와서 웨이터의 우는 소리를 듣기란 쉽지 않은 탓이었다.

친구인 이인혜야 나이트 경력이 채 반년도 안 되지만 그녀들 두 사람은 좀 놀아봤다고 할 만큼 오래전부터 나이트를 찾았다. 그래서 웨이터의 접대 방법을 훤히 꿰뚫고 있었다.

'대박인데?'

'그렇겠지?'

임지영과 유한나는 웨이터의 우는 시능에서 속된 말로 '대박'을 직감했다. 사실 재벌 2세이자 강남 최고 그룹에 속한 김태수의 작업만 아니었다면 벌써 다른 클럽으로 바꿨을 그녀들이었다.

아무리 퀸카 그룹의 수명이 길어도 반년이면 더 이상 새로울 게 없었다. 그래서 보통 좀 논다 하는 모임은 일정한 주기로 로테이션을 갖는다. 일종의 물갈이 기간인 셈이었다. 어쨌든 끝물에 와서 웨이터가 이러는 경우는 거의 없었다. 아주 드물지만 갑작스레 최고 수준의 단골에 비견될 만한 대박 손님이 등장하지 않았다면 말이다.

보통 이런 때면 기가 센 편인 임지영이 나서는 편이고 지금도 마찬가지였다. 그녀는 다리를 꼬며 붕어를 불렀다.

"삼촌, 미안한데 우리가 지금 피곤하거든요."

"아이고, 지영 씨, 한 번만 봐주십쇼!"

붕어가 손바닥을 비비며 재차 애원조를 던지자 유한나가 기다렸다는 듯이 나섰다.

"싫다는데 왜 그래요?"

"우엉, 이번 한 번만 도와주시면 양주 큰 걸로 한 병 쏩니다!"

보통 여기까지는 일상적인 퀸카 급 모임과 웨이터의 주고받기였다. 살짝 다른 점이 있다면 서비스 양주의 크기지만 그보다 다른 데에 그녀들의 관심이 쏠리고 있었다.

"삼촌! 정말 몰라서 그래요? 우리 인혜가 얼마나 눈이 높은데!"

"저, 저길 보십쇼! 우리 메인도 저러고 있잖습니까?"

붕어의 대응은 약빨랐다. 또 정확했다.

"어머?"

유한나가 은근히 놀란 표정으로 친구들을 돌아봤다. 임지영도 다르지 않았다. 웬만한 VIP급 손님이 아니면 나서지 않는 메인 웨이터가 어느 테이블 옆에 서서 허리를 숙이고 있는 것이다. 물론 돈의 위력이 컸지만 이 사실을 알 리가 없던 그녀들은 흥미가 사뭇 동한 표정이었다.

결국 몇 번의 의례적인 줄다리기 끝에 그녀들은 끌려가는 제스처를 취하며 테이블 밖으로 걸어 나왔다.

줄리아나의 2층 양주 전용 테이블은 룸에 비할 바는 아니라도 투명 유리벽이 사방에 둘러쳐 있어 스테이지의 굉음에도 대화를 나누는데 큰 문제가 없었다.

때문에 룸의 답답함을 싫어하는 VIP 고객 중에서는 간혹 비싼 양주를 시켜놓고 2층 테이블을 이용하는 경우가 있었다.

이인혜도 꽉 막힌 룸을 싫어했다. 만약 룸으로 들어갔다면 싫은 내색을 비쳤을 것이다. 다행히 웨이터가 안내한 곳은 2층의 전망 좋은 테이블이었다.

두 사내가 얼핏 앉아 있는 게 보였다. 하지만 그보다 그녀의 흥미를 잡아 끈 것은 친구들의 귓속말이었다.

"한나야, 저거 30년산 샬루트 맞지?"

"어머머, 맞아! 저번에 태수 씨가 인혜 같은 미인한테 어울리는 술이라면서 샀던 거잖니."

'돈은 많나 보네.'

강남 소재의 나이트클럽은 상당히 비싼 편이다. 하물며 황금 시간대에 양주를 시키는 건, 개당 몇 십만 원 이상을 호가한다.

인혜는 대학에서 만난 두 단짝 친구가 얼마나 수준 높게 노는지 잘 알고 있었다. 친구들이 따라나선 부킹은 대부분 돈 많은 자제들의 모임이었다. 그렇다고 인혜는 친구들을 속물로 본 적이 없었다.

'돈이 사람을 만드는 사회에 살고 있으니까.'

친구들을 위해 조용히 자리를 지켜줬다. 덩치 큰 사내가 뭐라고 큰 소리를 내며 반겨줬지만 그녀는 거들떠보지도 않았다. 매번 그랬듯이 마지못해 있다가 친구들 취향에 맞지 않으면 예의상 한 잔 마신 척한 뒤에 일어나면 그만이었다.

"이쪽으로 앉으시라고!"

산만한 덩치의 철우가 테이블 앞에 떡하니 서서 손짓하자 임지영은 웃음을 참지 못하고 손을 흔들었다.

"호호, 안녕? 내가 좋아하는 덩치 큰 오빠네."

"흐흐, 언니도 딱 내 스타일이야."

생긴 것과 달리 좀 놀아본 철우는 조신하고 내숭 떠는 여자보다 기가 센 여자를 좋아했다. 그런 의미에서 발랄한 성격의 임지영은 구미에 딱 맞는 부킹녀였다.

대놓고 자신의 옆 자리를 지목하는 철우의 행동에 임지영 역시 마다하지 않고 자리에 앉았다. 처음부터 죽이 잘 맞은 셈이었다. 반면, 유한나는 입술을 삐죽 내밀며 뭐라고 한마디 하려고 했다. 자신의 파트너가 될 게 뻔한 남자가 덩치 뒤에 숨어서 딴짓을 하고 있다고 여긴 것이다.

"칫, 매너없게 이 오빠는……"

그녀는 자신의 불만을 차마 다 이어갈 수 없었다. 철우의 그림자에 가려 보이지 않던 강서린의 외모가 잠시 후 적나라하게 투영됐으니까.

사람의 생김새를 매력이란 단어로 표현할 수 있다면 눈앞의 사내와 같을까?

분명 잘생긴 사내였다.

이목구비도 뚜렷하고 옷차림도 단정했으며 크게 흠잡을 데가 없는 모습이었다. 하지만 그렇다고 명품으로 치장했다거나 첫눈에 반할 만큼 절세 미남도 아니었다. 그럼에도 불구하고 유한나는 넋을 잃고 말았다.

친구의 눈치가 이상해지자 임지영 역시 강서린을 보았고 똑같이 할 말을 잃었다.

"아……."

"아!"

사내에게서는 가슴을 울렁이게 하는 묘한 매력이 있었다.

"크흠, 큼! 우리 대장이 좀 멋있긴… 하지만! 이 몸도 만만치 않다굽쇼."

철우가 너스레를 떨면서 술병을 들었다.

"아이, 참……."

임지영이 조금 미안한 얼굴로 잔을 들었다. 하지만 여전히 그녀의 시선은 서린에게 닿아 있었다. 유한나는 이미 은근한 몸짓으로 서린의 옆에 앉아 있었다.

그러다가 철우의 행동에 강서린이 잔을 들자 기다렸다는 듯이 애교를 떨며 팔짱을 꼈다.

"이름이 뭐예요?"

강서린은 그런 유한나를 보지도 않은 채 한마디만 툭 던졌다.

"술."

"예예, 여기 있습니다요. 그리고 거기 언니야, 대장은 원래 이런 성격이니까 언니야가 이해하라굽쇼."

"뭐라고요? 호호."

보통 부킹을 오자마자 이런 무안을 당한다면 자리를 박차게 마련이지만 다행히 이 테이블에는 철우가 있었다. 덩치에 어울리지 않는 입담으로 철우는 서먹해질 뻔한 분위기를 반전시켰다.

이때부터는 거의 철우가 분위기를 이끌었다. 하지만 여전히 두 사람은 거의 말이 없었다. 바로 강서린과 이인혜였다.

둘의 차이가 있다면 강서린의 경우 다른 두 여자의 시선을 한 몸에 받고 있는 반면, 이인혜의 경우는 줄리아나 최고의 퀸카라는 명성에 어울리지 않을 만큼 두 사내의 관심을 받지 못한다는 점이었다.

강철우야 대번 이인혜가 가장 예쁘다는 사실을 알았지만

워낙 취향이 도도한 여자는 별로였다. 그렇다고 다른 두 여자의 미모가 크게 떨어지는 것도 아니었다. 그러니 신경을 꺼버린 셈이었고 강서린은 술과 분위기를 제외하면 여자 자체에 관심이 없는 사람처럼 보였다.

자존심이 상할 법도 하겠지만 이인혜는 친구들이 즐거워하는 모습을 보며 나름 분위기를 맞춰주려고 노력했다.

'다행이야. 모처럼 모두 즐거워하네.'

매번 미안했다. 또 남자들이 자신만 쳐다볼 때마다 왠지 친구들에게 잘난 척을 하는 것 같아서 민망했었다.

이처럼 두 여자는 한 남자에게 빠져 있고 한 여자는 친구들을 위해 술잔을 비웠다.

분위기 메이커인 철우야 소주처럼 양주를 들이마셨다. 당연히 양주 한 병은 금세 동이 났다.

"이봐!"

철우가 핸드등을 흔들자 대기하고 있던 붕어가 뛰어왔다.

"옙!"

"한 병 더!"

말이 필요없다. 붕어는 찢어지는 입을 억지로 다물면서 부리나케 메인한테 뛰어갔다.

보통 이렇게 비싼 양주를 시키면 주문한 사람에게 관심이 가게 마련인지라 철우는 의기양양하게 모두를 둘러보았다.

"실컷 먹자고요. 으하하."

"이 오빠는 어디에 살아?"

"아냐, 한국에 살걸."

철우가 코끝을 실룩이며 퉁명스럽게 대답했다.

"풋, 장난치지 말고, 진짜로 어디에 사는데?"

"…쿵, 우리 대장이 외국 물 좀 먹다가 들어왔거든. 아직 어디가 집인지 나도 모른다고."

나이트라 대충 얼버무린 면도 있었지만 사실 그 또한 내심 궁금하긴 했었다.

'대장 성격에 거기서 살라나?'

물론 묻는다고 해서 대답해 줄 대장도 아니었고 말이다. 다행히 아가씨들의 화제는 다른 곳으로 돌아갔다.

"와, 유학파였어?"

"계집애, 넌 네 파트너나 챙기렴!"

임지영의 눈이 더욱 반짝이자 유한나는 질세라 핀잔을 주면서 서린의 곁에 바짝 몸을 기댔다. 친구들 사이의 기류가 심상치 않자 조용하던 이인혜가 말문을 열고 화제를 돌렸다.

"그런데 두 분, 친구 사이 아닌가요?"

"네엡?"

철우는 잠시 고개를 갸우뚱하다가 이내 무릎을 치며 대답했다.

"아하! 뭐, 나이야 갑인데 학창 시절 대장이 대장이었거든
요."

"그건 또 무슨 말?"

"그러게?"

"우흐흐, 사실 어찌 된 거냐면……."

*   *   *

유치하게 들릴 법한 중학 시절의 이야기지만 곰 같은 덩치
의 철우가 온몸의 제스처를 다 쓰면서 표현하니 보는 것만으
로도 재밌었다.

"정말 정의의 사도? 호호호!"

"우씨, 시방 사내대장부 말을 못 믿는 거여?"

손바닥을 치며 웃는 임지영의 반응에 철우가 알통을 흔들
면서 사투리를 남발했다.

"오호호! 알았어. 믿어줄게. 믿어준다니까?"

"아이, 배 아파. 고만 웃겨. 호호호!"

물론 남자의 소싯적 이야기를 전부 믿는 여자들은 없었다.
특히 철우가 말하는 핵심인 정의로운 멘탈 서클이란 표현에
서는 웃다가 못해 눈물마저 찔끔 날 정도였다.

만일 이어지는 순간, 이인혜의 느닷없는 질문이 아니었다

면 철우의 중학 시절 일대기는 부킹 자리에서 흘러나온 재미있는 이야기 정도로 끝났을 터였다.

"혹시… 천신중?"

안 그래도 큰 철우의 눈이 더욱 크게 뜨였다. 그러자 이인혜가 다시 철우를 보며 물었다.

"…맞아?"

철우의 턱이 매가리없게 벌어졌다.

"얼래?"

부킹 자리에서 함부로 이름을 밝히거나 과거사를 흘리는 건 초짜들이나 하는 짓이었다. 좀 전에도 재밌자고 중학 시절 이야기를 풀었지만, 학교 명칭을 운운하거나 한 적은 없었다.

그건 상대도 마찬가지라서 한참을 웃고 떠들었지만 서로의 나이나 이름은 아직도 비밀이었다. 최소한 2차를 나갈 정도는 되어야 이름 정도 알려줄까? 그게 밤 문화 예의였고 말이다.

어쨌든 조용하던 이인혜가 난데없이 학교 이름을 언급하자 철우는 맹렬한 고민에 휩싸였다. 당황해서라기보다 간혹이 바닥에서 놀다 보면 세상이 좁다는 말이 현실이 될 때가 있었다.

"혹시 천신 출신인굽쇼?"

철우의 반응에 인혜의 얼굴에서 웃음꽃이 피어났다.

"맞구나! 호호, 그럼 네가 철우겠네."

"헐!"

자신의 이름마저 들리자 철우의 턱이 재차 벌렸다. 그러자 난리가 난 건 주위 친구들이었다.

"어머머, 인혜야, 너 이 오빠들 알고 있었니?"

"철우? 덩치 큰 오빠가 철우야?"

친구들의 속사포 같은 질문에 인혜는 잠시 난감한 눈빛을 하다가 슬며시 미소를 지으며 말문을 열었다.

"말해도 되지? 그치, 친구야?"

원래 조용히 분위기 잡던 사람이 나서서 말을 하면 거절하기 힘든 법이었다. 하물며 은근히 오빠 소리를 즐기던 터라 철우는 뭐라 반대도 못해 보고 헛기침으로 대신했다.

"커험!"

"호호, 얘들아, 있잖아. 사실은……."

철우는 오래지 않아 자신의 귀를 의심했다.

'워메!'

부킹녀 중에 제일 도도하고 청순하게 생긴 미녀가 알고 보니 같은 중학교를 나온 동창이었던 것이다. 그것도 자신들이 한창 쌈박질을 하고 다니던 시절에 전교 학생 부회장을 맡았던 여자였다. 남녀 공학이지만 동창생에게 별 관심이 없던 건 대장이나 자신이나 마찬가지였다.

'쩝, 알았어도 말할 대장이 아니지만.'

하여튼 여자의 변신은 무죄라는 말을 실감하는 철우였다. 만약 그때도 저 정도 미모였다면 아무리 관심이 없다고 해도 기억 못했을 그가 아니기 때문이었다.

철우는 대장을 힐끔 살폈다.

역시나 대장은 스테이지를 보며 고독을 씹고 있었다.

'쉬발, 졸라 멋있네.'

대장이 알면 죽도록 처맞을 표현이지만 그래도 멋진 건 멋진 거였다. 그렇게 눈치는 대장에게 닿고 귀는 청순한 미녀 동창생의 말에 기울이길 5분여.

철우는 안도의 한숨을 내쉬었다.

"휴……."

다행히 안 좋은 말은 없었다. 오히려 친구들에게 중학 시절 일대기의 신빙성마저 더해준 동창이었다. 그리고 우려하던 대장에 관한 이야기는 없었다.

'하긴, 울 대장이 나름 고독한 레어급으로 불렸지. 흐흐!'

확실히 써클 멤버들 중에서도 자신을 포함한 몇몇 사람 말고는 대장의 신변에 대해 알고 있는 또래가 거의 없을 중학 시절이었다.

"와, 오빠, 정말 정의로운 남자였나 봐?"

"어험험, 내가 좀 그렇지."

유한나의 탄성에 철우의 어깨가 들썩였다.

푹!

"으윽!"

"오빠는 무슨? 너 우리랑 동갑 아니니?"

임지영이 철우의 옆구리를 찌르고 노려봤다. 철우는 어설픈 표정으로 술병을 들었다.

"그, 그렇지. 자! 마시자고."

"여기 얘도 우리랑 갑이겠네?"

"으응, 대장도 갑이지."

이렇게 해서 서로 동갑이란 사실이 밝혀졌다. 당연하지만 술자리도 훨씬 편해졌다. 통상 나이트 끝날 즈음이 아닌 이상에야 첫 부킹자리가 오래 가기는 힘들었다.

마음에 들면 서로 연락처를 나눈 뒤에 2차를 가더라도, 다른 부킹 역시 즐겨야 하니까.

그런데 가장 서먹하던 이인혜와 사내들의 관계가 개선되자 마치 일반적인 2차처럼 더욱 재미있고 정감있는 분위기의 연속이었다. 물론 그 이면에는 보면 볼수록 매력적인 강서린이 있었다.

하지만 그녀들의 수다를 보면서 식은땀을 흘리는 사람도 있었다. 바로 새우깡과 비슷한 연차로 메인을 맞고 있는 웨이터 장아찌였다.

"젓더, 미치겠네."

곧 있으면 줄리아나, 아니, 이 일대 클럽을 통틀어 최상위로 꼽히는 로열 그룹이 놀러오기로 돼 있었다. 문제는 그 로열 그룹의 황태자가 퀸카 이인혜한데 꽂혀 있단 사실이었다.

만약 황태자가 다른 남자들과 웃고 떠드는 이인혜의 모습을 보기라도 한다면 자신은 그야말로 죽은 목숨이었다.

예전이야 워낙 도도한 퀸카 그룹이라 부킹을 가더라도 5분이상 앉아 있는 걸 본 적이 없었다. 만약 그게 아니더라도 담당 웨이터에게 푼돈을 찔러주고 데리고 나오면 그만이었다.

그런데 벌써 저 부킹 자리에서만 30분이 넘어가고 있었다. 더욱 가관인 건 저쪽 새끼 웨이터를 불러서 물어봤더니 보통 손님이 아니란다.

그 비싸다는 30년산 샬루트를 세 병째 시키는 손님이라니!

어디 그뿐인가?

입구에서부터 팁으로 백만 원짜리 수표를 던졌단다. 장아찌는 돌아버릴 지경이었다. 성질 같아서야 확 잡아채서 빼오고 싶었지만 그게 또 생각처럼 쉽지 않은 일이었다. 저 테이블은 엄연히 다른 메인의 손님이었다.

화류계에서는 메인 웨이터 아래 새끼들까지 포함해서 박스라고 부르는데, 다른 박스의 메인인 장아찌가 나서서 파토칠 수는 없는 노릇이었다.

아무리 돈 먹고 돈 먹기인 화류계 종사자라고 해도 지켜야 하는 룰이란 게 있는 거고, 그 룰을 어기게 되면 이 바닥에서 살아남기 어려웠다. 그리고 그 룰이 가장 확고하게 통용되는 경우가 바로 지금 같은 초대박 손님의 경우였다.

장아찌는 시계를 살피며 질겅질겅 입술을 깨물다가 하는 수 없이 저 박스의 메인인 새우깡을 찾아갔다.

"이번 한 번만 봐줍시다. 한 번만 도와주면 그 은혜 잊지 않는 다니까!"

"아, 됐어요. 지금 일 년 매출 한 방에 올릴 판인데 퀸카 그룹을 빼는 게 말이 됩니까?"

새우깡은 쌤통이라는 눈빛으로 코끝을 퉁겼다. 그동안 황태자 패밀리를 담당한답시고 온갖 거만을 떨던 작자가 바로 장아찌였다. 그러니 인심이 좋을 리가 없었다.

새우깡이 뻗대자 장아찌의 인상이 험악하게 구겨졌다.

"정말 이러기요?"

"나도 딸린 새끼들이 있는데 먹고는 살아야지, 이 친구야."

새우깡도 만만찮은 경력을 자랑하듯 꿀리지 않고 인상을 썼다. 장아찌는 그런 새우깡을 노려보다가 입매를 틀었다.

"좋아, 그렇게 나오면 나도 할 말이 있지. 황태자 그룹이 오면 퀸카를 누가 빼돌렸는지 무척 궁금해할 거야. 흐흐."

"뭐? 이런 개 같은!"

아무리 자기가 급해도 해서는 안 될 말이 있었다. 이런 식으로 손님을 방패로 내세워 메인끼리 싸우면 그 나이트는 망하고 만다. 그래서 절대로 금기시하는 사항이었다.

하지만 새우깡은 차마 윗선에 달려가거나 성질껏 분노를 내지를 수 없었다. 사장이 나서도 자신의 편을 들지 못할 만큼 황태자 그룹의 집안들이 엄청난 탓이었다.

장아찌는 굳어진 표정의 새우깡을 향해 으스대며 입을 놀렸다.

"그럼 메인이 허락한 걸로 알고 나는 우리의 프린세스를 모시러 가보실까."

잠시 후, 재수없는 메인으로 유명한 장아찌가 자신들의 담당 테이블로 오자 붕어를 비롯한 새끼 웨이터들이 인상을 쓰며 새우깡에게 쫓아왔다.

"형님! 두고만 보실 겁니까?"

"시발, 난들 어쩌라고! 부장님도 설설 기는 패밀리가 오는데!"

"차라리 형님께서 나서서 인혜 씨만 좀……."

"으이구, 말이 되는 소리를 해라. 언제 퀸카 그룹이 따로 움직이는 거 봤냐?"

새끼 웨이터들의 얼굴에 울상이 지어졌다. 욕설도 분분히 터져 나왔다.

가장 먼저 대박 손님을 받았던 붕어가 큰 입을 뻐끔대며 이제는 거의 테이블에 다다른 장아찌의 뒷모습을 손가락질 했다.

"좆같은 새끼. 내가 필이 확 왔는데, 저 손님들은 분명 로열 패밀리보다 엄청날 거라고! 시발라마! 엉기다가 코나 부러져라!"

새우깡은 그런 붕어의 욕설을 들으며 긴 한숨과 함께 머리를 흔들었다.

"휴우, 그러면 오죽 좋겠냐만은 상대는 저 황태자 김태수를 중심으로 뭉친 패밀리다. 대통령 아들이 아닌 다음에야 그게 되겠냐? 잡설 고만하고 손님들 어떻게 구슬릴지 대구빡이나 굴려, 인마."

하지만 이때만 해도 새우깡은 물론 붕어도 알지 못했다, 세상을 살다 보면 종종 말이 씨가 된다는 사실을.

CHAPTER **03**
살아 있는 권력

해가 갈수록 유흥 문화를 질타하는 시대상이었다. 언론에
서는 십대들의 탈선과 이십대의 나태를 운운하며 그들이 만든
새로운 '클럽' 문화에도 격렬한 찬반 의견을 토해내곤 했다.

하지만 아무리 밤 문화가 다양해지고 연령층이 낮아져도
변치 않는 원칙이 한 가지 있었다.

바로 '성공한 자리는 넘보지 말라' 였다.

쉽게 말해 남녀가 붙어 있을 경우, 이유여하를 막론하고 깔
짝대지 말라는 그들만의 격언이었다.

그런 의미에서 웨이터 장아찌는 테이블이 뒤집어져도 할

말 없는 몰상식의 극치로 치닫고 있었다.

물론 매우 드물긴 하지만 술에 취한 손님이 자리를 찾지 못하거나, 뒤늦게 찾아온 일행을 안내할 경우에 한해 웨이터가 부킹 중인 손님에게 가서 귓속말을 할 수는 있었다.

단, 줄리아나처럼 전통있는 클럽의 경우는 상대 손님을 의식해서 약소한 안주나 맥주 두어 병을 서비스로 가져가는 게 예의였다. 어찌 됐든 분위기의 맥을 끊는 짓이나 마찬가지니까.

그런데 장아찌는 한창 분위기 좋은 남녀 부킹 테이블에 아예 빈손으로 찾아갔다. 이 테이블의 담당 메인인 새우깡에게 꽤나 빈정이 상한 탓이었다.

'뭐야? 비싼 손님이라고 하더니 새파랗게 어린놈들이잖아?'

멀리서 봤을 때는 나이 구별이 어려웠는데 가까이에서 보니까 이제 이십대 초반이나 됐을 법한 사내 둘이 테이블의 주인이었다. 무엇보다 입고 있는 차림새나 스타일이 저렴하거나 단조로웠다.

'어린 노무 새끼들이 어디서 운 좋게 복권이라도 하나 당첨됐나 보네. 놀러 와서 돈지랄 하기 전에 스타일이나 좀 갖추고 오지. 쯧쯧!'

그는 강서린과 철우를 눈먼 돈이나 주워 기분 내러 온 종자들로 단정 지었다.

물론 이런 장아찌의 품평을 강서린의 비서이자 가정부인 손지연이 들었다면 어이가 없어서 가만있지 않았을 것이다.

철우야 그렇다고 치더라도 강서린이 입고 있는 옷은 이태리 최고급 원단에 일류 디자이너가 수제로 제작한 최고 수준의 의상이었다. 이를 돈으로 환산한다면 시중에 알려진 웬만한 명품 의류보다 족히 열 배 이상은 나갈 터였다.

어쨌든 장아찌는 자신의 눈썰미를 과신했다.

그의 얼굴에 실실거리는 웃음이 지어졌다. 은근히 남아 있던 거리낌도 사라졌으니 더 이상 볼 것도 없었다.

"흐흐, 실례합니다."

철우는 웬 말라비틀어진 장아찌같이 생긴 웨이터가 멸치 똥구멍 같은 눈으로 자신과 대장을 힐끔대다가 징그럽게 웃으며 머리를 디밀자 입술이 우악스럽게 벌어지는 걸 느꼈다.

'이 거지새끼는 뭐여? 눈깔을 확 찢어 불라!'

하지만 자리가 자리인지라 솟구치는 분노를 가까스로 억눌렀다. 정말 몇 년 만에 대장과 해후하는 자리가 아니었다면 머리통을 디미는 순간에 주먹부터 날렸을 것이다.

장아찌는 자신이 야생 곰 수준의 신경을 건드린 줄도 모르고 더욱 의기양양하게 이인혜의 귀 쪽으로 얼굴을 가져갔다.

"흐흐, 우리의 여왕님, 오늘도 아름다우십니다. 다름이 아니고 일어날 때가 되셔서 모시러 왔습니다."

"됐어요."

이인혜는 오랜만에 가진 즐거운 자리를 한낱 웨이터의 수작에 방해받고 싶지 않았다.

그러나 장아찌는 그런 이인혜의 거부 의사를 퀸카의 도도함 정도로 치부해 버렸다.

"흐흐흐, 그러지 마시고 자……."

"됐다니까요!"

이인혜의 표정이 굳어졌다.

"이봐요, 삼촌. 싫다는 데 왜 그래요?"

"맞아요. 인혜가 싫다잖아!"

이어서 짜증을 터뜨린 목소리는 당사자가 아닌 그녀의 두 친구였다. 원래 그녀들은 장아찌의 얼굴이 보인 순간부터 무슨 행동을 하려는지 짐작하고 있었다.

김태수 그룹이 줄리아나에 오면 매번 반복되는 행동이니까.

단지 전에는 엄연히 여자들끼리만 있을 때고 지금은 마음에 드는 사내들과 노는 중이었다.

인혜가 자리를 뜬다면 모를까, 친구의 의사를 존중하지 않았다면 매우 불쾌한 상황인 것이다.

물론 이 정도로 물러날 거면 동료들에게 욕먹는 걸 각오하면서까지 나설 리가 없는 장아찌였다. 믿는 바도 있었고 말이다.

　'닝기미! 퀸카 들러리들 주제에 더럽게 비싸게 구네!'

　표정이 일그러지는 걸 억지웃음으로 감춘 그는 웨이터로서는 해서는 안 될 말까지 내뱉었다.

　"아이고, 이러지들 마십시오. 일성 그룹 이사님께서 아시면 무척 실망하실 겁니다."

　"이 삼촌이 정말 왜이래? 우리가 무슨 오라면 오는 술집 작부라도 되는 줄 알아요?"

　임지영이 자리를 박차고 일어났다. 안 그래도 불쾌한데 웨이터의 이런 행동은 인혜의 일행인 자신들의 자존심을 건드는 행위였다.

　그럼에도 장아찌는 물러나는 기색없이 오히려 철우 쪽으로 대놓고 시야를 틀었다. 사실 그가 김태수의 그룹명과 직위를 운운한다는 건 남자들에 대한 협박이었다.

　'주제를 알았으면 어서 꺼지지그래?'

　이런 눈빛으로 철우 등을 보는 장아찌였다.

　상황이 이쯤 되면 여간한 남자라도 그냥 진상 한두 번 피고 꼬리를 접게 마련이었다.

　장아찌가 노린 건 바로 이 진상 짓이었다.

스펙에서 안 되는 자괴감을 겉으로 표현하는 순간, 대부분의 여자들은 질리고 만다. 산전수전 다 겪은 메인급 웨이터 정도는 되어야 할 수 있는 협잡이었다. 하지만 세상을 살다 보면 왕왕 자신이 가진 상식으로는 이해하기 힘든 순간을 맞기도 한다.

장아찌에게 다음에 닥친 순간이 바로 그러했다.

까닥, 까닥.

덩치 옆에서 웬 매끈한 손가락 하나가 움직이는 것이다.

웨이터 근성에 빠져 있던 장아찌는 자신도 모르게 그쪽으로 얼굴을 가져갔다.

픽!

장아찌의 몸뚱이가 한 차례 들썩이더니 장난감처럼 맞은편 바닥으로 날아갔다.

쿵!

2층 플라스틱 난간이 크게 울리며 소음을 냈다. 그러자 주변에서 난리가 났다.

근처의 손님들이 깜짝 놀라 좌우로 비켜섰고 이를 본 웨이터들이 급박하게 달려왔다.

"꺅!"

유한나가 두 손으로 입을 가리면서 비명을 질렀다. 친구의 비명소리에 임지영과 이인혜도 뒤늦게 상황을 인지했다.

"…아!"

그녀들은 볼 수 있었다, 좌석에 파묻혀 있다가 반쯤 앞으로 나온 한 사내의 권태 어린 눈빛과 상체를.

하지만 이내 겁먹은 얼굴로 다른 곳을 볼 수밖에 없었다. 시커먼 양복을 입은 관리부장이 안면을 잔뜩 일그러뜨린 채 쿵쾅거리며 뛰어오고 있었다.

＊　　　＊　　　＊

"임마들이 츠맞을라꼬 헷까닥했나! 여가 어댄데 지랄허고 자빠졌노!"

관리부장의 고성이 들리자 몰려 있던 웨이터들이 질린 얼굴을 하며 분분히 비켜섰다.

대구 토박이 출신인 관리부장은 이 일대를 구역으로 삼는 대치동파의 중견 조직원으로 줄리아나에서 일하는 사람들에게는 공포의 대상이 되는 존재였다. 그게 어느 정도냐면, 날고 긴다는 메인들도 관리부장 앞에서는 순한 양처럼 벌벌 떨 정도였다.

"너거들이 우리 얼라한데 주먹질한 작자들이가?"

씩씩거리며 달려온 관리부장이 위압스런 자세로 테이블의 아래위를 훑어봤다. 그러자 무심할 정도로 변화가 없던 강서린 입매에 가는 주름이 그어졌다.

"사장 불러."

단 한마디였다. 그저 차분하게만 느껴지는 사내의 음성. 분명 주변 사람들이 듣기에는 그랬지만 관리부장의 체감은 달랐다.

"뭐?"

씩씩대던 관리부장의 어깨가 흠칫, 멈춰 섰고 눈자위도 크게 벌어졌다. 이유는 본인도 알지 못했다. 그저 뭔지 모를 갑작스런 오한에 할 말을 잃어버린 것이다. 그러나 주변 웨이터들은 이를 다른 식으로 받아들였다.

"허억!"

"세상에나!"

"취해도 단단히 취했어!"

새끼 건달도 아니고 중년기에 접어든 무서운 건달이 바로 관리부장이었다. 그 정도 되면 일반인과는 차원이 다른 위압감을 풍기게 마련이었다.

비록 여타의 건달과는 달리 비쩍 마른 고목나무를 연상케 하는 관리부장이지만 그 인상만큼이나 한번 폭발하면 아무도 말리지 못할 만큼 난폭했다.

이 사실을 잘 아는 웨이터들이기에 강서린의 한마디는 술 취한 어린 손님의 미친 주절거림 그 이상이 아니었다.

잠시 망부석처럼 굳어 있던 관리부장의 뇌리가 이런 웨이터들의 반응에 번득 깨어났다.

"이익!"

관리부장은 시뻘겋게 달아오른 얼굴로 손을 내뻗었다. 자신이 한낱 핏덩이한데 위축됐었단 사실을 깨닫자 수치심에 눈에 뵈는 게 없을 지경이었다.

"철우."

"옙!"

철우는 대장의 입에서 자신의 이름이 울리자마자 기다렸다는 듯이 행동을 개시했다. 불쑥, 올라가는 철우의 콧등이 관리부장의 정면으로 향했다.

"어딜!"

꽉, 하고 멱살을 잡을 듯이 뻗어오던 관리부장의 팔뚝이 두터운 손아귀에 붙들렸다. 이게 끝이 아니었다. 관리부장이 뭐라 입을 벙긋대기도 전에 철우의 팔이 번쩍 하고 올라갔다.

"으랏차!"

당연하지만 중력의 법칙에 따라 관리부장의 몸뚱이가 붕 뜨더니 아래로 떨어졌다.

우당탕!

"켁……!"

순식간에 팽개쳐진 관리부장이 가슴을 붙잡으며 뒹굴었

다. 이제 주위에서는 비명도 들리지 않았다.

만약 여기가 2층의 비교적 밀폐된 양주 전용 공간이 아닌, 탁 트인 1층 테이블이었다면 DJ가 스테이지를 중단시킬 만큼 어처구니없는 광경이었다.

웨이터들은 마치 헛것을 본 것처럼 넋이 나가 버렸고 여자들과 주변 손님들은 숨조차 크게 쉬지 못하는 얼굴이었다.

사태는 더욱 점입가경(漸入佳境)으로 치달았다.

"어이, 시커먼스! 귀가 먹었냐? 우리 대장님이 사장 부르라잖아!"

철우는 등줄기가 짜릿하게 젖어오는 기분이었다.

'그라지, 바로 이거거든! 으흐흐!'

대장과 헤어진 뒤로는 이런 짜릿함을 느껴보지 못했었다. 그 뒤로 몇 번 호기를 부려봤지만 대장 없는 호기는 뒤끝이 너무 아팠다. 하지만 이제는 다르다.

'대장이 돌아왔거덩! 크헤헤… 헥!'

꿀꺽!

철우는 미친 사람처럼 부풀어 오르는 볼을 가까스로 눌러 삼켰다. 아무리 좋아도 분위기 파악은 하면서 놀아야 했다. 대장은 분위기 파악 못하고 나대는 걸 가장 싫어하는 성미니까!

'아무튼 니들은 다 죽었다고!'

실상 대장과 해후 자리라는 의미 때문에 성미를 죽이긴 했지만 본심은 따로 있었다. 바로 이 짜릿함을 맛보려고 때를 기다린 것이다. 성질 같아서야 대장 앞에서 까분 두 놈 모두에게 정의의 주먹맛을 보여주고 싶었지만 일단은 참아야 했다.

대장은 나대는 것만큼이나 부하가 주제넘게 나서는 걸 싫어하는 성미였다.

한편, 간신이 숨을 고른 관리부장은 미치고 환장할 돌아버릴 지경이었다. 도무지 자신이 처한 상황이 현실 같지 않아 몇 번이고 머리를 흔들어야 했다.

"이, 이기 우에된 기고…… 으으!"

관리부장이 미친 사람처럼 중얼대며 일어나질 못하자 어린 웨이터 한 명이 뛰어와 부축하려 했다.

"치아라, 마!"

퍽!

"아악!"

도와주려던 어린 웨이터가 관리부장의 주먹질에 눈덩이를 붙잡고 넘어졌다. 하지만 이런 난폭한 모습에도 철우는 눈 하나 깜짝하지 않고 빙글거리며 관리부장을 놀렸다.

"아주 가지가지헌다. 왜 애꿎은 사람은 잡노? 니가 자 아빠가?"

사투리까지 흉내 내는 철우의 놀림에 관리부장은 기어코 꼭지가 돌아버렸다.

"으아아! 요런 갈아 마실 문디 자슥을 봤나! 좀만한 게 어디서 깝치노! 너거들 뭐하나! 이 시벌 새끼 주디 확 찢어뿔지 않고!"

악귀처럼 일그러진 관리부장의 눈이 악다구니와 함께 좌우로 움직였다. 이에 반해 대부분의 웨이터들이 엉거주춤 선채 서로의 눈치만 살폈다.

사실 클럽 내에서 폭력은 절대 금기시되고 있었다. 쌍팔년도 시대도 아니고 함부로 손님한테 손을 댔다가는 그 뒤처리가 힘들었다. 어찌어찌 당사자의 입은 막는다고 쳐도 지켜보는 눈이 한둘이 아니었다. 때문에 이런 상황에는 보통 경찰을 불러 처리하는 게 원칙이었다.

물론 난동이 심하거나 당사자가 도망칠 경우를 대비해 멱살을 잡는 정도는 허용한다. 하지만 딱 거기까지였다. 간혹 철없는 신입 웨이터가 손님과 주먹다짐을 하다가 죽도록 맞고 쫓겨나는 경우도 심심찮게 있는 것이다. 이러니 관리부장의 폭언에도 쉽사리 나서는 웨이터가 없었다.

쿵쿵!

관리부장이 미친 사람처럼 발광을 해댔다.

"어데 안 티나오고 뭐하는 기야! 너거들이 먼저 처맞고

싫노!"

꼭지는 돌아버렸는데 이상하게 몸은 따라주지 않았다. 왜
그런지는 관리부장 자신도 몰랐다. 그러니 애꿎은 웨이터들
만 다그치는 모양새.

관리부장이 난리를 치자 기어코 근처의 몇몇 웨이터가 경
직된 몸짓으로 다가왔다.

관리부장이 뻔히 명찰을 다 봤는데 여기서 더 모른 척했다
가는 후환이 두려웠다. 하필 가까이 있던 게 화근이었다.

어차피 이래 죽으나 저래 죽으나…….

다가온 웨이터들의 심정이었다.

씨익, 하고 철우의 얼굴에 웃음꽃이 피어올랐다.

"오랜만에 깽판 한 번 쳐볼까."

막 주먹을 불끈 쥐려 하는데 복도 난간을 타고 새롭게 등장
하는 시커먼스가 있었다.

"형님, 그만하소."

"언노무 자슥이… 헉! 기, 기철이 아이가?"

신경질적으로 반응하던 관리부장의 표정이 상대를 확인하
자마자 어설프게 돌변했다.

철우는 훨씬 젊고 날카로워 보이는 시커먼스의 등장에 콧
김을 뿜으며 대장을 돌아봤다. 여전히 대장은 무심한 자세로
일관하고 있었다.

"쿵!"

철우가 주먹을 내림과 동시에 울상이던 웨이터들의 얼굴에서 안도의 표정이 지어졌다.

관리부장도 무섭지만 새로 등장한 인물은 더욱 무서운 건달이었다. 바로 이 줄리아나 나이트클럽을 총괄하고 있는 대치동파의 중간 보스인 지석창의 오른팔로 송곳이라 불리는 싸움꾼이었다.

송곳 이기철이 관리부장을 무시한 채 손짓했다.

"일하러들 안 가냐?"

그러자 웨이터들이 부리나케 흩어졌다. 연배에서는 관리부장이 높아도 조직 내 위상에서는 비할 데 없이 송곳이 높았다.

송곳은 주변이 정리되자 관리부장의 어깨를 툭툭 치며 차가운 어조를 흘렸다.

"나잇살 먹고 일을 맡았으면 나잇값을 해야 할 것 아니요."

"기, 기철이, 내는……."

송곳 이기철은 그런 관리부장을 무시한 채 철우 쪽을 보면서 말끝을 붙잡았다.

"아, 됐소. 그건 그렇고, 쯧! 요즘 얼라들은 호랑이 간이라도 삶아 먹고 다니는 갑네. 감히 누굴 부르라 했다고?"

철우는 자신을 어린아이 취급하는 송곳의 태도에 스팀이

확 올라왔다.

"넌 호랑이 간 먹어봤냐, 이 시방새야? 지도 안 먹어본 주제에 강냉이 털기는, 쉬발!"

"……!"

송곳은 하도 어이가 없어 자신의 귀를 의심했다. 그러거나 말거나 철우는 자신의 싸움 신조를 내뱉으며 주먹에 힘을 줬다.

"선수필승!"

만일 이어지는 순간, 대장의 개입이 아니었다면 그는 절대 주먹을 멈추지 않았을 것이다.

"그만."

"옙."

"두 번 말하지 않겠다, 사장 불러."

"허!"

송곳은 자신의 눈앞에서 펼쳐진 이 어이없는 상황에 또 한 번 할 말을 잃어버렸다. 조직 세계에서 폭력을 휘두른 이레 맹세코 이런 심정은 처음이었다.

이건 화가 나는 게 아니라 숫제 허탈하기까지 했다.

이런 감정은 송곳이 평소와는 다른 실수를 하게 만들었다. 너무 감정에 치우친 나머지 상대의 분위기를 간과했다는 실수를.

"허참, 내가 살다 살다 너희처럼 겁 대가리 상실한 얼라들은 처음 본다. 아직도 믿기지가 않네. 사장을 보고 싶다고? 오냐, 불러주마. 따라와라."

"철우."

"옙, 대장."

"자리를 지켜라."

"저도 따라가고 싶습니다!"

"지켜."

"이옙."

철우는 짧아진 대장의 명령에 울상을 하며 자리에 앉았다. 이어지는 순간, 드디어 미동조차 없던 강서린의 상체가 올라갔다.

투명하도록 무심하던 표정에 한 가닥 감정이 드리운 것도 그 즈음이었다.

"나를 움직이게 했으니……."

송곳은 돌연 오싹한 느낌을 맛보았다.

'무슨 어린놈의 기세가?'

그뿐만이 아니었다.

"관용은 없다."

이어서 들리는 목소리와 함께 덩치 옆의 사내가 일어서자 싸움꾼의 본능이 심하게 요동쳤다.

'뭔가…….'

뭔가 잘못된 것 같았는데 그의 머리로는 도저히 다른 상상을 하기가 힘들었다. 그가 할 수 있는 일이라곤 이 하룻강아지처럼 까부는 어린 손님에게 아무런 분노조차 터뜨리지 못하고 조용히 길 안내를 하는 게 전부였다.

*　　　*　　　*

기업형 조직이 난무하는 시대에 의리와 주먹, 일대일 맞장 등은 이미 자취를 감춘 지 오래였다.

내뻗는 주먹에 인생을 거는 싸움꾼이란 보기 좋은 영화에나 등장하는 캐릭터일 뿐, 고리타분하게 굴었다간 먹잇감으로 전락하기 딱 좋았다.

단, 어느 분야든지 반골이나 예외가 존재하게 마련이었다. 그런 의미에서 서울의 밤거리에 암약하는 다섯 개의 폭력 조직 중에 대치동파는 유독 고전적인 기세를 자랑했다.

마치 60년대의 조직처럼 주먹으로 서열을 나누고 의리로 역할을 부여했다. 아무리 사업 수완이 좋아도 주먹이 약하면 올라갈 수 없고, 제아무리 돈이 많아도 의리가 없으면 식구 취급을 하지 않았다.

이처럼 시대를 역행하고 있지만, 같은 5대 조직이라 해도 세 개 이상이 뭉치지 않으면 대치동파를 어찌할 수 없다는 게 이 바닥의 중론이었다.

이유는 간단했다.

반골적인 기질만큼이나 무투력이 강했기 때문이다. 아무리 기업형으로 진화하는 요즘이라 하지만, 수틀리면 뒤엎어 버리는 게 폭력 조직의 생리였다. 다시 말해 함부로 대치동파를 건드렸다가는 치는 쪽도 커다란 출혈을 감수해야 했다.

그런 의미에서 세 명의 중간 보스 중 한 명인 지석창은 가장 대치동파다운 인물이 아닐 수 없었다.

업소를 사업 수완으로만 파고드는 다른 주먹과는 달리 그는 인간미있게 업주들을 대했고 줄리아나의 사장과도 호형호제할 만큼 사이가 좋았다. 단지 업주들 입장에서 간혹 터지는 불만이 있다면 그가 일주일에 족히 두세 번씩은 자신이 관리하는 업소들을 순회한다는 사실이었다.

지석창은 철저하게 자신의 원칙을 고수했다. 오늘도 다르지 않았다.

그는 자신의 자랑이자 심벌인 중절모를 수하에게 넘기며 푹신한 소파로 몸을 뉘었다.

형광등 아래에 비춰진 그는 마치 맵게 만들어진 작은 고추를 연상케 했다.

"아무리 우리 같은 인생이라도 해야 할 도리는 있는 기야.

안 그냐?'

"맞습니다, 형님!"

큰 소리로 맞장구친 떡대가 품에서 재빨리 담배 한 개비를 꺼내 공손히 내밀었다.

치직.

불이 붙고 뿌연 연기가 형광등 아래로 넘실댔다.

길게 연기를 뿜고 다리를 꼰 지석창이 툭툭, 재를 털면서 말했다.

"송곳은 뭐더냐? 후딱 기어오지 않고."

"지금 오시고 계실 겁니다!"

"새끼, 긴장 풀어라. 마."

"죄송합니다, 형님!"

지석창은 덩치만 컸지, 아직 애 같은 신입 조직원을 보며 입안이 써지는 기분이었다.

'요즘 젊은 것들은 우리 같은 깡이 없어. 그저 막무가내식으로 까불 뿐이지. 그나마 송곳 이늠 같은 물건이 없었으면 뒤를 맡기는 것도……'

돌연 철컥, 하는 소성이 들려와 그의 생각을 끊었다.

줄리아나의 임원 사무실의 문이 열리고 송곳 이기철이 들어왔다.

"오셨습니까, 형님."

지석창을 발견한 이기철이 구십 도로 허리를 숙였다. 그러나 지석창의 미간은 다른 쪽을 향해 좁혀지고 있었다.

"아아, 왔나? 헌디?"

직전에 순회 돈 업소에서 줄리아나에 일이 생겼다는 전화를 받고 가벼운 마음에 앞서 보낸 사람이 바로 송곳이었다. 보통 손님과 종업원의 불화는 수하들이 처리하는 게 기본이지만, 어차피 다음 순회가 줄리아나인지라 예의상 전달받은 사소한 사건 정도로 치부했다.

그래도 체면이 있으니 직속 수하인 송곳 이기철을 보냈는데 그 송곳이 사람 한 명을 데려온 것이다. 송곳은 이런 일을 번잡하게 처리하는 수하가 아니기에 지석창의 낯빛에는 의아심마저 떠오르고 있었다.

"기철아, 절마 뭐꼬?"

이기철이 잠시 멈칫하다가 굳은 표정으로 지석창의 곁에 다가왔다. 뭔가 심각해진 기색이었는데 몇 마디 대답하는 말에는 별다른 내용이 없는 듯 했다.

"형님, 사장을 나오라고 객기를 부리는 통에 일로 데려왔습니다. 그런데… 아, 아닙니다."

그가 뭔가를 더 말하려고 하다가 그만두었다. 그러자 지석창의 좁혀진 미간 아래로 지렁이처럼 굵은 눈매가 꿈틀댔다.

"니 시방 지금 내랑 장난하나?"

"그게… 보통 손님이 아닌 것 같습니다. 샬루트 30년산을 싸구려 양주처럼 서너 병씩 시켜놓고 마셨다고 합니다."

사실 이기철은 다른 변명을 하고 싶었다. '뭔가 믿는 구석이 있는 손님'이란 게 목구멍까지 올라온 변명이었다. 하지만 순전히 자신의 감에 불과했고 건달이 내뱉을 말도 아닌지라 웨이터에게 주워들은 말로 대신한 것이다.

지석창의 눈빛에 못마땅한 심사가 드러났다.

건달이 이것저것 따지면 건달짓을 못해 먹는다. 그가 주구장창 말하는 지론 아닌가? 이런 자신의 스타일을 누구보다 잘 아는 사람이 바로 이기철이었다. 때문에 지금까지 이런 사소한 일로 번거롭게 만든 적이 없었고 누구보다 깔끔하게 일처리를 하는 수하가 오늘따라 못난 짓을 했다.

지석창은 질책 어린 눈으로 다시 한 번 이기철을 바라보았다.

"쯧! 니도 인자 물들어가는 기가? 하기사 내를 생각해서 그리했것제. 요즘 얼라들 잘못 건들면 집안이다 뭐다 해서 말이 많웅께 말이제."

지석창이 혀를 차면서 질책했다가 그래도 수하라고 이해 어린 말을 덧붙이는 그때, 어처구니없는 광경이 이들의 눈앞에 펼쳐지고 있었다.

명색이 임원 사무실이라서 사각 원탁을 기준으로 좌우 맞은편에 가죽 소파가 있었는데, 지석창이 앉은 일인용 소파 맞은편으로 이기철이 데려온 손님이 자기 집 안방처럼 풀석! 소리를 내며 앉은 것이다.

"할 말 다 끝났나?"

수하들이 뭘 어떻게 나서기도 전에 묵직하지만 차분한 목소리가 울려 퍼졌다.

지석창 등이 놀라 고개를 돌렸다.

권태롭게 보일 만큼 무심한 표정의 사내.

적당한 키에 적당한 체구를 가진 약관의 청년이었다. 뚜렷한 이목구비와 염색을 한 것처럼 검은 머리칼이 인상적이었지만 오직 그뿐이었다. 적당히 잘생긴 오관을 제외하면 서울의 밤거리에 차고 넘치는 어린 손님에 불과한 것이다.

송곳의 얼굴이 붉게 달아올랐고 근처에 있던 떡대들이 욕설을 터뜨리며 움직였다.

"어린 새끼가 겁대가리를 상실했나!"

"여기가 어딘 줄 알고 감히!"

자신보다 두 배 이상은 됨직한 떡대들이 달려들었으나 강서린의 기색은 일절 달라짐이 없었다. 아니, 오히려 달라진 것은 지석창의 안색이었다.

"허! 뭐꼬?"

마치 액션 영화의 한 장면을 보는 것 같았다. 주먹과 발길

질을 내뻗던 떡대들이 달려가던 기세보다 더욱 빠르게 튕겨
나가는 것이다.

쿵! 쿵!

수하들이 입도 벙긋 못한 채 벽까지 밀렸다가 쓰러졌다.

지석창의 안색이 크게 달라졌다. 아무리 비계만 덕지덕지
붙은 요즘 것들이라도 저토록 어린 사내 한 명에게 이처럼 말
도 안 되게 당할 만큼 허약하지 않았다.

바로 그때, 이기철이 탁자 위의 재떨이를 잡더니 강서린에
게 달려들었다. 이어지는 순간, 지석창의 고성이 없었다면 피
를 보는 상황이 연출됐을 터였다.

"가만있그라!"

이기철이 놀란 눈을 돌려 지석창을 바라보다가 바드득 이
를 갈며 재떨이를 내렸다. 형님 앞에서 망신을 당했다고 여긴
건지 그의 미심쩍던 감정은 활화산 같은 분노로 바뀌어 있었
다.

"네놈!"

"야야, 송곳아, 진정해라. 내 가만있으라 안카나?"

지석창은 과연 산전수전 다 겪은 노회한 인물답게 수하들
보다 냉철하게 상황을 파악하고 있었다. 그가 봤을 때 이런
경우는 둘 중 하나였다, 술에 취해서 반쯤 정신이 나갔거나
믿는 구석이 있거나.

지석창은 후자로 판단했다. 그래서 이기철을 말린 것이다.

'비싼 술을 처묵고 싸움도 한가락 하는 녀석이라?'

요즘은 돈이면 뭐든지 다 되는 세상이었다. 돈이라면 아무리 어린 녀석이라도 체계적인 트레이닝을 통해 일류급 파이터의 실력을 보유할 수도 있었다.

그는 조직 생활을 하면서 여러 번 그와 같은 부류를 보았다.

종전과는 비교도 안될 만큼 진중해진 지석창이 정면을 보면서 말했다.

"어린 친구가 대단허이. 보통 실력이 아닌기라. 그만한 능력이 되니까 여기까지 온 기 아니겠나? 한디 젊은 혈기에 여직 세상 물정을 모르는 것 같구만"

지석창의 말이 끝나기가 무섭게 안쪽의 소란을 들은 조직원 서너 명이 뛰어 들어왔다.

"당신이 사장인가?"

그들이 벽 아래 쓰러진 동료를 발견하고 황당한 눈을 하다가 뒤이어 들리는 반말에 험악한 인상을 모았다.

"이 새끼가 누구한데 감히!"

웬만한 운동선수라도 심장이 오그라들 법한 공포 분위기였지만 강서린의 표정에는 약간의 움직임도 없었다. 그나마 달라진 게 있다면 깊게 가라앉았던 눈빛이 조금 강렬해

졌달까.

이를 보던 지석창은 작은 갈등에 휩싸였다.

그의 원칙대로라면 이토록 무시를 당한 상황에서 절대 참아줄 수는 없는 노릇이었다. 하지만 원칙대로 처리하기에는 상대의 담담함이 이상할 정도로 눈에 밟혔다.

'돈 있는 집안 자슥이라도 저건 너무 헌디? 그려, 알아보고 조져도 늦지 않으니께.'

결심을 내린 지석창이 강서린을 보면서 운을 뗐다.

"내 사장은 아닌기라, 그라도 사장하고 같은 급이라 보면 된다. 그라니 인자 말해봐라, 니 어디서 뭐하는 사람인디 여서 행패가?"

이 정도면 지석창의 입장에서 정말 많이 양보한 셈이었다. 상대가 건달의 천적인 강력계 형사라도 이 정도까지 참기는 쉽지 않은 일이었다. 솔직히 나이가 한 서른쯤만 넘어 보였어도 참지 않았을 것이다. 그런데 이건 어려도 너무 어렸고 태연해도 너무 태연했다.

조폭치고는 상당히 신중하게 구는 지석창.

미동 없던 강서린의 입술이 재미있다는 듯 피식, 실소와 함께 달싹였다.

"데려와서 꿇려라. 그리고 나와 내 부하에게 무례한 벌을 여기서 내리도록. 하는 걸 봐서 기회를 주지."

"저, 저!"

떡대들의 어깨가 들썩였다. 이기철의 얼굴도 악귀처럼 일그러졌다. 이건 정말 해도 너무했다. 미치지 않은 이상에야 저런 식으로 막나갈 수는 없는 법이었다. 그들은 지금, 직전에 관리부장이 느꼈던 심정을 그대로 답습하고 있었다.

지석창도 동공에 핏발이 돋을 만큼 화가 치밀었다. 하지만 앞서 상대의 정체를 알려고 몇 번씩 참았는데 한 번 더 참지 못할 이유가 없었다.

우드득!

손아귀의 뼈가 비명을 지를 만큼 힘을 준 지석창이 정면을 노려보며 말했다.

"그 말, 지키라."

그가 뒤로 손짓하자 분에 못 이겨 주먹을 떨던 송곳이 과격하게 상체를 숙였다. 지석창이 그의 귀에 대고 지시했다.

"가서 저늠이랑 싸운 것들 반쯤 죽인 다음에 델고 온나."

"형님!"

"내 말대로 하그라."

놀란 반응의 이기철에게 한 차례 더 강조한 지석창이 들으라는 것처럼 커진 육성으로 말을 이었다.

"어중간한 집안이면 뼈도 못 추릴 기라."

이기철은 강서린을 한 차례 노려본 직후 바깥으로 나갔다.

잠시 무거운 적막이 흘렀으나 송곳의 행동은 오래 걸리지 않았다.

"어억……."

"으으, 행, 행님……."

웨이터 장아찌와 관리부장이 무릎을 꿇은 채 온몸을 떨었다. 콧잔등에는 핏물이 흥건했고 터진 입술 아래로 눈물 콧물이 뚝뚝 떨어졌다.

송곳이 이들의 머리카락을 움켜쥔 채 강서린을 노려봤다.

지석창이 고개를 끄덕이며 강서린에게 말했다.

"됐나? 헌디 자들을 일케 만든 죄값은 솔찮게 비싼기라. 못해도 전치 7주 이상은 나올기 아이가."

그의 말이 끝나기 무섭게 떡대들이 문 앞을 막고 잠금 버튼을 눌렀다.

지석창이 의미심장한 눈으로 강서린을 응시하며 핸드폰을 들어 올렸다.

"인자 말해보라이. 대답 여하에 따라 내 손구락이 어케 될지 모른데이."

정체를 밝히지 않으면 경찰을 불러 폭행죄를 뒤집어씌우겠다는 저의였다. 조폭치고는 탁월한 대처 방법이었다. 상위에 속한 인간일수록 이런 일로 경찰이 엮이는 걸 피하게 된다. 원래 사회적 지위가 높을수록 체면을 의식하게 마련이었다.

"쿡쿡……."

강서린은 충분히 재밌었다. 조폭치고는 나름 머리를 쓴 행태에 한국에 와 처음으로 드러난 웃음을 지을 수 있었다. 언제부터인가 그는 대부분의 일에 흥미를 잃었다. 마음만 먹으면 못하는 게 없었지만, 그래서 더욱 삶이 지루해져 갔다. 하지만 이제부터는 조금 다를 듯했다.

돌아왔으니까.

자신의 고향이지만 자신을 모르는 땅으로.

"상을 주지."

그의 손끝이 와이셔츠의 소매에 달린 커프스에 닿았다.

"시작하도록."

누구에게 하는 말인지 이해하기 힘든 한마디에 지석창의 눈이 크게 벌어졌다.

그러나 불과 십여 초 뒤!

지석창의 얼굴에선 식은땀이 주르륵 흘러내렸다.

"이, 이럴 수가!"

떡대들이 반항 한 번 못 해보고 무릎 꿇었고 그가 최고로 신임하는 송곳조차 얼빠진 몰골로 제압당했다.

지석창은 도무지 자신의 눈을 믿을 수가 없었다. 그런데 아무리 눈을 비비고 다시 봐도 현실이었다. 지금 그의 동공에는

검은 정장 상위에 너무도 무서운 표정을 가진 일단의 부류가
비춰지고 있었다.

"청, 청와대라니……."

* * *

"빨리 어떻게 좀 해봐요!"

"맞아! 무슨 남자가 보고만 있어요? 그러고도 두 사람이 친
구라고 할 수 있어요?"

'큭, 친구는 개뿔… 우리는 수직 관계라니까 그러네. 에
휴!'

철우는 안 그래도 심란한데 두 여자까지 나서서 자신을 긁
자 갑갑한 심정에 한숨만 절로 나왔다.

그러니까 조금 전, 대장이 자리를 뜨고 나서 여자들의 태도
가 달라졌다. 연약한 척 바르르 떨기만 했는데 공포 분위기가
가시자마자 그를 닦달하기 시작한 것이다.

왜 보고만 있었냐는 등, 당장 경찰에 신고한다는 등, 저러
다 큰일 난다는 둥!

마음 같아서야 당장 대장 곁으로 달려가고 싶은 그였지만
자리를 지키라는 엄명이 떨어졌으니 이도 저도 못하는 신세
였다.

'우흑흑, 하룻강아지 범 무서운 줄 모르는 장면을 놓치다니……'

철우는 정말 눈물이 찔끔 나왔다.

과거에도 대장을 그저 그런 불량아로 알고 돈에 매수당한 선생이 대장을 건드린 적이 있었다.

어떻게 됐냐고?

속된 말로 그 선생은 아주 매장을 당했다. 대장은 상대가 누구든 어떻든 간에 절대 물러나는 성격이 아니었다. 그런 대장의 화끈 명료한 성격은 정말이지 중독성이 심했다. 떨어져 있는 시간이 길었던 만큼 대장과 얽힌 일은 단 하나도 놓치고 싶지 않은 철우였다. 그런데 제일 재미있을 것 같은 상황에 뒷전으로 밀렸으니 눈물이 앞을 가릴 수밖에.

"어머!"

그를 다그치던 임지영과 유한나는 철우가 덩치에 맞지 않게 눈물까지 보이자 조금 미안한 표정으로 서로를 돌아봤다.

순전히 오해였지만 이를 알 턱이 없는 두 여자였다. 반면에 이인혜는 철우의 침울함을 다른 식으로 오해했다.

"참는다고 좋게 끝날 일이 아니잖아요. 친구가 폭행 사건에 연루될까봐 걱정하는 마음은 알겠는데 그러다가 정말 크게 다치기라도 하면 어쩌려고 그래요."

지적이면서 도도한 인상을 주던 이인혜의 얼굴이 꽤나 어두워져 있었다.

"인혜가 옳아. 철우 씨, 왜 신고를 못하게 하는데?"

임지영이 물었다. 안 그래도 그녀들은 정신이 들자마자 곧바로 경찰에 신고하려 했다. 그런데 이런 행동을 막은 사람이 다름 아닌 철우였다. 괜히 철우를 닦달하고 나선 게 아닌 것이다.

그런데 철우는 그 나름대로 미치고 팔짝 뛸 지경이었다.

"아, 글쎄 안 된다굽쇼."

"왜에!"

유한나가 빽 하고 소리를 질렀다.

'으아! 진짜 답답해서 돌아가시겠네. 확 말해 버려?'

이런 충동이 철우의 뇌리에 치솟았지만 곧바로 포기해 버렸다.

'안 되지, 괜히 나한테까지 불똥 튄다고.'

대장의 신분은 명색이 국가 보안에 들어가는 기밀이었다. 물론 대장 스스로 밝히는 건 상관없지만 함부로 주변에서 떠벌리고 다닐 신분 역시 아닌 것이다.

앞서 대장 집에 있는 예쁜 비서에게 이런 주의를 받았던 철우는 차마 말하고 싶어도 입을 열 수가 없었다.

결국 그는 계속 그래왔던 것처럼 막무가내식 고갯질로 여자들을 상대하려 했다. 하지만 이인혜가 정말 들고 누를 기세였다.

"걱정하지 말아요. 우리는 경찰이 온다고 모른 척할 만큼 몰상식한 사람들이 아니에요."

"윽! 그, 그게 아니라……."

철우는 이 여자 진짜 왜 이래? 하는 눈빛으로 이인혜를 볼 수밖에 없었다.

이인혜도 불편한 마음인 건 마찬가지였다. 과정이야 어떻든 자신 때문에 벌어진 사단이었다. 그리고 친구의 파트너가 다칠지도 모르는 와중이었다.

'그 사람…….'

친구의 파트너라서 애써 눈길을 주지 않았는데 일이 이렇게 되자 스스로도 이해하기 힘들 만큼 마음이 요동쳤다.

이인혜는 어린아이처럼 초조해하는 유한나를 보면서 애써 자신의 마음을 다잡았다.

'아니야. 난 미안해서 그저…….'

"쿵!

커다란 콧김 소리가 테이블에 울려 퍼졌다. 이인혜의 얼굴이 점점 심각해지는 걸 본 철우가 결국 백기를 든 것이다.

철우는 에라, 모르겠다라는 심정으로 네모난 턱을 주억댔다.

"우음, 살아 있는 권력이라고 들어보셨수들?"

"그게 무슨 말이야?"

임지영이 되묻자 철우는 몇 번 망설이다가 침을 꿀꺽 삼키면서 대답했다.

"우리 대장님은 살아 있는 권력의 아드님이 되신다굽쇼."

밑도 끝도 없는 말이었고 앞뒤 다 잘라먹은 표현이었다.

"야! 똑바로 말해! 자꾸 시간 끌다가 우리 그이가 잘못되면 네가 책임질 거니?"

새침떼기처럼 굴던 유한나가 기어코 폭발했다.

"컥, 그, 그이?"

"그래! 이씨! 내 파트너잖아!"

"그, 그럼 난?"

철우는 반쯤 황당해진 얼굴을 하다가 처연한 눈빛으로 옆을 보았다.

"하는 거 봐서! 흥!"

임지영이 팔짱을 끼면서 콧방귀를 날렸다. 또 다른 의미에서 눈물이 앞을 가리는 철우였다.

'크흑흑, 대장, 미워!'

*   *   *

살아 있는 권력.

여자 셋은 몰랐지만 노회한 건달인 지석창은 뼈저리게 실
감하는 말이었다.

줄리아나 임원 사무실에 들이닥친 일단의 인물들.

귀에는 소형 이어폰을 차고 있으며 건장한 체격에 위압스
런 기세를 자랑했다. 그런데 이런 외형이 문제가 아니었다.

만약 신분을 나타내는 표징이 없었다면 그의 직속 수하인
송곳부터 이토록 쉽게 무릎 꿇지는 않았을 것이다.

얼핏 보기에는 그저 타원형의 은색 배지였다.

그 중앙에는 어디서 많이 본 듯한 건물이 새겨져 있었다.
그런데 배지를 본 지석창이나 이기철은 굳이 기억을 되새길
필요도 없었다. 건물 아래 단 세 글자가 그들의 신분을 증명
하고 있었으니까.

청와대.

이 땅의 국민이라면 모르는 사람이 거의 없는 살아 있는 권
력의 심장부.

멀리 생각할 필요도 없었다.

"으으!"

지석창은 두 손을 파르르 떨며 이게 현실이 아니길 바랐다.
아니, 청와대 배지를 가진 자들이지만 결코 그 단체만은 아니

길 바랐다. 사실이라면 아무리 조직에 충성을 다하던 그라 해도 몸성히 끝나긴 어려웠다. 최악의 경우 조직마저 위태로워질 수 있었다. 하지만 이런 그의 바람은 그들 중 한 명이 입을 열면서 산산이 깨어졌다.

"청와대 경호처 실장 박건욱입니다. 당신이 책임자입니까?"

"…그, 그기……."

말을 더듬는 지석창의 안색이 급속도로 핏기를 잃어갔다. 설마했던 게 현실이 됐다.

청와대 경호처.

대한민국의 국가수반과 그 직계를 호위한다고 알려진 특급 집단이었다. 뭘 어떻게 해볼 수 있는 상대가 아닌 것이다.

경호처 실장이라 밝힌 사내가 품에서 자신의 신분증을 꺼내 내밀었다.

"대통령 영식께 위협을 가한 죄로 당신을 즉각 체포합니다. 이는 청와대 경호처에 헌법이 부여한 사법집행권으로서 거부할 시 공무집행방해의 가중 처벌을 받게 됩니다."

"허억……!"

지석창은 이제 거의 제정신이 아니었다. 마치 고층 빌딩 옥상에서 떨어지는 듯한 아찔한 심정을 맛보았다.

철렁, 하고 은색 수갑이 경호원의 허리에서 들려 나왔다.

"…대… 통…. 령… 영식?"

반사된 수갑 너머로 몇 번이고 협박했던 사내가 보였다. 사실 그도 억울하다면 억울한 심정이었다. 웬만큼 배경이 있다면 잘 타일러서 좋게 끝내려고 했으니까.

그런데 이건 배경이 좋은 정도가 아니었다. 소싯적에 형사 수십 명이 덮치고 그 막강하다는 검사랑 드잡이질 할 때도 이 정도로 절망적이지는 않았다.

돈이 배경이면 폭력과 협박으로 어떻게든 할 수 있었다. 사회적 직위가 있으면 돈으로 무마할 수 있었다. 그게 아니면 조직의 연줄을 동원해서라도 어떻게든 손을 써볼 수가 있었다. 그런데 이건 조직이고 나발이고 한마디로 끝장이었다.

집안? 엄밀히 따져 청와대도 집안이기는 했다. 훅! 하고 입김 한번 불면 서울의 밤거리를 송두리째 날려 버릴 만큼 어마어마한 집안!

지석창은 후들거리는 다리를 부여잡고 있는 힘을 다해 무릎을 꿇었다.

"영식님! 지가 잘못했습니다. 용서해 주이소. 잠깐 정신이 우찌 됐었나 봅니다. 함만 용서해 주이소!"

공교롭게도 바닥에 떨어진 재떨이가 지석창의 무릎 앞에 있었다.

그의 눈동자가 이를 보고 뭔가 결심한 듯 결연하게 커졌다가 아래로 내려갔다.

쩡!

재떨이가 반으로 쪼개졌고 검붉은 핏물이 지석창의 이마를 타고 떨어졌다.

이 돌발 상황에 지켜보던 경호원들도 놀라서 흠칫했다.

"아입니다. 야들만 보내주이소. 지 혼자 책임질 낍니다."

"크흐흑, 형님!"

이기철이 비통한 울부짖음을 터뜨리며 일어나려 했다. 이를 본 지석창이 다급한 어조로 만류했다.

"가만있그라!"

어찌 보면 조폭 영화의 한 장면 같은 신파극이었지만 하필 상대가 나빴다. 이런 신파가 통할 집단이 아니었다. 경호원들의 기세는 마치 얼음장처럼 차갑기만 했다.

그런데 뜻밖의 반응은 전혀 다른 쪽이었다.

강서린은 피식 웃으며 오른 손등을 장난처럼 흔들었다. 이걸 본 경호실장 박건욱이 한마디의 부언도 달지 않고 부하들에게 사인했다.

타다닥!

절도있는 구둣발 소리와 함께 방안을 가득 채웠던 경호원들이 사라졌다. 지석창이 얼빠진 몰골로 닫히는 문을 쳐다보았다.

이런 그의 귓전에 나직이 들리는 미성이 있었다.

"기회를 준다고 했을 텐데? 또한 당신의 대처가 마음에 들었다."

지석창은 화들짝 정신이 들었다. 그는 크게 머리를 조아리며 공손한 어조로 말했다.

"진짜 감사하데이. 이 지석창이가 앞으로 성심을 다해 모신다 아입니까."

이어서 그는 떡대들과 이기철에게 숨넘어가는 투로 소리쳤다.

"야들아, 뭐더냐? 저치들 치우지 않고! 기철이 니는 퍼뜩 가서 최고 좋은 데로 잡아뿌라 마!"

구석에서 벌벌 떨며 땅만 보고 있던 장아찌와 관리부장이 떡대들의 손에 끌려 나갔고 이기철이 그 뒤를 따랐다.

이기철은 나가기에 앞서 강서린을 향해 머리를 숙였는데, 그 찰나에 문득 자신이 진즉부터 느꼈던 감정의 정체에 대해서 깨닫게 됐다. 그것은 공포였다, 죽을지도 모른다는 공포.

'관용은 없다'라는 말을 들었을 때 느꼈던 본능의 꿈틀거림, 그것은 살고자 하는 본능이었다.

'만약 내가 재떨이 든 손을 멈추지 않았다면? 형님께서 노기를 참지 못하셨다면?'

상상만 해도 무서웠다.

줄리아나 정도 되는 클럽에는 VIP를 위한 최상급 룸이 하나 정도는 따로 마련되어 있게 마련이었다.

이런 룸은 웨이터의 권한 밖으로서 클럽의 간부진이 특별한 손님을 모실 때만 사용하는 곳이었다. 때문에 드물게 사용되는 룸이지만, 먼지 한 올 없이 깨끗하고 소파도 최고급 물소 가죽으로 되어 있었다.

한쪽 벽을 가득 메운 아트 비전이 스테이지를 투영했고 대리석 석탁에는 샬루트 30년산만 비치되어 있었다.

강서린은 가장 상석의 자리에 앉아 지석창의 술을 받았다.

"오늘 이늠이 복 받았다 아입니까. 이늠 같은 팔자에 영식께 술을 올리는 기 가당키나 어디 혔것습니까."

강서린은 그의 목소리에 담긴 진솔한 감정을 느낄 수 있었다. 고국 바깥에서는 이런 부류가 없었다. 보통 자신과 싸움이 나면 끝까지 가게 마련이었다. 신분의 이유도 컸지만 인간미도 달랐다. 하기야 무리도 아니다. 외국에서 힘을 쓰는 자들은 지극히 이익을 위해서 움직이니까. 돈이면 어미도 팔아먹는 부류들만 보다가 지석창처럼 수하를 위해 나서는 인물을 보니 그것도 새로웠다.

이게 바로 특별히 관용을 베푼 적당한 이유였다.

그 밖에 웨이터가 협박용으로 했던 말이 그의 흥미를 돋게 했다. 문득 이를 떠올리자 한가닥 이채가 그의 동공에 투영

됐다.

그랬다.

어느 시점을 기준으로 강서린에게 상대의 배경이나 집안은 무의미해졌다고 할 수 있었다.

아버지가 대통령이라서가 아니었다. 외국 생활 당시에 그의 적은 일국의 대통령이라도 능히 협박할 만큼 힘이 있는 자들이었다. 물론 당시에 그는 대통령의 아들이 아니었다.

어쨌든 흥미가 동했다.

강서린은 물었다.

"일성의 이사라는 놈을 아나?"

명색이 좀 구른 건달이랍시고 넉살 좋게 굴던 지석창의 안면이 돌을 삼킨 것처럼 뻣뻣해졌다. 너무 예상치 못했던 질문을 받은 탓이었다. 또한 일성 그룹 인사라면 누구라도 쉽게 주절댈 만한 위치가 아니었다. 게다가 이런 자리에서 이사라고 언급될 만한 인물은 단 한 명밖에 없었다.

'헌디 각하의 영식께서 와?'

이런 의문이 들었지만 앞서 호되게 당한 탓에 더 이상 통밥을 굴리며 머뭇거리기 힘들었다.

"뭣이 궁금하신지예? 지 아바구로 아는 건 다 말씀 올릴기라 아입니까."

대선이 끝이 난지 불과 석 달이었다. 지석창은 막판이면 몰라도 현재는 대통령 영식이 일개 그룹의 힘보다 센 위치라고 판단했다.

강서린은 고개를 끄덕이며 말했다.

"웨이터가 내 여자를 협박하더군. 일성의 이사란 자가 오면 재미없을 거라고 했던가? 한두 번 해본 솜씨가 아니던데 짐작 가는 것이 있나?"

강서린에게 내 여자란 술자리에 함께하는 대다수 여자를 부를 때 쓰는 단어였다. 물론 듣는 사람 입장에서야 전혀 다르게 다가왔다.

지석창은 강서린의 말에 소위 병찐 표정이 되어 입을 벌렸다. 잠시 동안 충격에 말을 못하던 그는 겨우 제정신을 찾은 후에도 약간씩 말을 더듬으며 강서린에게 되물었다.

"아, 아니? 그, 그 뿐이 따위가 영식께 협, 협박을 했단 말이지예? 무신 배짱으로 고런 자살행위를 했단 말입니까?"

놀라던 그는 오래지 않아 머리를 흔들었다. 따지고 보면 자신도 마찬가지였다. 몰라서 그런 건 어쩔 수 없는 것이다.

그보다 더 큰 문제는 영식(令息)의 분위기였다. 그냥 넘어갈 생각이면 이런 질문도 하지 않았을 것이다.

문제가 정말 심각해졌다.

시비 걸려는 당사자는 살아 있는 권력의 아들이었고 다른 한 명은 그보단 못해도 거대 그룹의 직계였다. 자칫 삐끗하면 고래 싸움에 새우 등 터질 판국이었다.

이런 그의 심정을 읽었는지 강서린의 입매가 살짝 올라갔다.

"말하지 않을 텐가?"

지석창은 퍼뜩 놀라서 고개를 들다가 이내 결심을 굳혔다. 어차피 낄 거면 조금이라도 무서운 쪽의 편을 드는 게 나았다.

"아입니다! 그런디 지보다 뽀이 늠들이 더 잘 알기라예. 좀만 기댕겨 주이소."

지석창은 룸 바깥에서 대기하던 수하를 불러 애초 영식 일행의 담당 웨이터인 새우깡을 동석시켰다.

영문도 모른 채 건달에게 붙들려온 새우깡은 바짝 긴장해 있다가 상석에 앉은 강서린을 보고 침을 꿀꺽 삼켰다.

'흐미! 붕어 이 새끼 신내림이라도 받은 거 아냐?

상상초월이었다. 손톱만큼의 가능성도 없는 말이 현실이 된 것이다. 아직 아무 말도 듣지 못했지만 대치동파 중간 보스의 저자세나 젊은 손님의 상석에 앉은 자세만 해도 차고 넘칠 정도의 현실성을 부여하고 있었다.

경악에 얼어버린 그의 귀로 지석창의 사투리가 쇄도했다.

"아야, 지금부터 이분이 묻넌 말에 빠짐읍시 설명하그라. 알긋노? 하나라도 빼묵으면 니는 내한테 죽는기라. 글고 뒷

일은 내 책임질 테니 니는 맘 푹 놓고 이바구만 열면 되는기라."

새우깡은 굳어버린 혀를 억지로 움직이며 대꾸했다.

"아, 아는 건 다 말씀 드리겠습니다."

"오냐, 우신 일성 그룹 김태수 실장 알제?"

"저희 줄리아나의 VIP 손님입니다."

"브아피는 뭔늠의 브아피! 여기 이분 정도가 진짜배기 브아피인기라. 인마야."

"헉!"

웨이터의 경악을 보는 강서린의 동공에 살짝 이채가 서렸다.

'생긴 것보다 머리를 잘 굴리는 놈이군.'

말을 떠넘기려고 웨이터를 부른 모양새라면 언제나 그랬듯 가볍게 손봐주면 된다. 그런데 하는 걸 보니 일부러 자신의 위치를 격상시켜 웨이터가 편히 말하도록 만들었다.

지석창은 자신이 지옥과 천국을 오간 줄도 모르고 새우깡의 어깨를 두드렸다.

"내 책임질 테니 니는 인자부터 설명만 드리는 되는 기라."

"그, 그러니까……."

새우깡은 잔뜩 긴장한 몰골을 한 채 말을 더듬거리며 입을 열기 시작했다. 그렇게 한참을 말한 것 같지만 워낙 횡설수설

하는 바람에 정작 제대로 된 정보는 얼마 되지 않았다.

그저 인터넷을 치면 당연하게 나올 기본적인 신상과 배경이 되는 집안, 그리고 이 근방 웨이터라면 모르는 사람이 없을 법한 재벌 직계의 위상 정도였다.

정리하자면 이랬다.

이름 김태수.

건설을 주업으로 성장한 일성 그룹 회장일가의 삼남이다.

그의 집안인 일성 그룹은 재계서열 50위 정도의 규모를 가지고 있으나, 자금 동원력만 놓고 따지면 10대 그룹 못지않다는 평을 듣고 있었다. 또한 건설로 시작한 그룹답게 공격적인 문어발식 확장으로 한 해가 멀도록 세가 불어나고 있었다. 공공연히 수년 안에 10대 그룹으로 치고 올라갈 거란 소문이 돌 정도였다.

말이 10대 그룹이지, 500대 기업의 사돈의 팔촌만 되도 상위 1% 안에 속하는 시대였다.

김태수는 그런 일성 그룹 내에서도 자회사에 속한 일성 건설의 사내 이사였다. 비록 위에 두 명의 형이 있어 그룹 계승권에 미치지는 못하지만, 대한민국 재벌가의 속성이 그렇듯 그 역시 진즉부터 상당한 주식과 재산을 편법 증여받은 인물이었다. 때문에 어느 정도 나이가 차자 보란 듯이 이사 자리를 꿰찬 것이다.

무엇보다 이십대의 나이에 유명 재벌가의 직계는 정말 드물었다. 대략 5년을 주기로 따진다면 간혹 3세나 4세의 직계가 등장할 정도고 그나마도 절대 다수가 방계인 경우였다.

그런 의미에서 그룹의 창립자인 할아버지의 이른 타계로 일찍부터 재벌 2세란 타이틀을 거머쥔 김태수는 그 나이대의 황태자라 해도 과언이 아닌 위세를 자랑했다.

이런 뉘앙스로 잠시 말을 멈춘 새우깡은 조심스럽게 강서린의 눈치를 살폈다.

'으; 미치겠네. 도대체 뭐하는 사람이야? 정말 대통령 아들이라도 되나?'

눈치 빨 하나로 먹고사는 직업이 웨이터였다. 모르긴 몰라도 좋은 의도에서 말하라고 시킨 게 아닌 것쯤은 대치동파 중간 보스의 눈치만 봐도 알 수 있었다. 하지만 아무리 그래도 이렇게 무반응일 수는 없는 것이다.

그나마 다행이라면 좀 더 확신을 얻어달까? 눈앞의 젊은 손님이 최소한 황태자 김태수한테도 꿇리지 않는 뭔가를 가졌다는 걸. 때문에 김태수를 운운하는 심정이야 좀 전보다 편해진 그였지만 은근한 반대급부도 있었다.

'설마 뭐라 하지 않겠지?'

켕기는 게 아주 없다면 몰라도 장아찌가 테이블을 찝쩍거릴 때 명색이 메인인 자신은 찍 소리도 하지 못했었다. 만약 여기서 저 손님이 그걸 트집 잡아 뭐라고 하면…….

'으으! 장아찌 개새끼!'

새우깡은 가만두지 않겠다는 심정으로 욕설을 삼키면서 다급히 다시 말문을 텄다.

"이, 이쪽 업계에서는 아무도 그 사람 비위를 못 거스릅니다. 저희 같은 화류계 종사자들에게는 하나님이나 다름없는 사람이라서……."

"마! 니도 잘못한기라. 아무리 김 이사 그 자슥이 싹수가 노라도 사람 바가믄서 갖다 붙이야 할 그 아이가!"

"히, 히끅!"

갑작스런 지석창의 호통에 안 그래도 긴장해 있던 새우깡의 목이 자라목처럼 좁아졌다. 하지만 이내 새우깡은 지석창 쪽으로 감사의 눈빛을 날렸다.

은근슬쩍 김태수를 깎아내리는 걸로 새우깡의 입장을 살펴 준 지석창은 짧게 기침을 하면서 말했다.

"큼, 그노마 아주 양아라 아입니까. 진상도 고마 그런 진상은 지도 첨 보는 기라. 지늠들 눈에 거슬린다 하믄 때와 장소고 머고 난리부르스를 치대는 통에 돈 잃고 피 본 사람이 한둘이 아이다 아입니까. 뽀이야, 안 그냐?"

지석창은 두 눈에 힘을 주며 새우깡을 돌아봤다. 여기서 어설프게 굴었다가 박이라도 쓰면 어디서 하소연도 못한다. 기왕 나섰으니 한쪽 줄을 제대로 타야 후환을 줄일 수 있었다.

"그, 그, 그럼요."

대답하는 새우깡의 입술이 부들부들 떨렸다. 한낱 웨이터인 그로서는 정말 하기 힘든 맞장구였다. 하지만 지석창은 그런 새우깡의 심정에도 아랑곳없이 아주 쐐기를 박을 심산이었다.

"그노마만 있는 기 아입니다. 그기 패밀리가 있다 아입니까? 아야, 어서 말씀 올리지 않고 뭐더냐."

새우깡은 이제 울며 겨자 먹는 심정에서 진짜 눈물을 찔끔거리며 입을 열 수 밖에 없었다.

"저, 저희는 그냥 로열 그룹이나 황태자 패밀리라고… 재산도 일찍 물려받고 직함도 거창한 김태수 이사가 황태자고요. 하, 한 다섯 명이 같이 몰려다니는데 김태수 이사랑 제일로 친해 보이는 사람은 심태국이라고 어디 잘나가는 계열사 사장의 아들이라는 소문이… 아무튼 그 집도 돈 좀 있다고……."

"그기 다여?"

"아, 아닙니다. 이름은 잘 모르는데 싸움을 엄청 잘하는 사람이 그 그룹에 있습니다. 어디서 들은 내용인데… 지, 진성무도회 사범의 아들이라고……."

"아야, 느 지금 진성이라캤노?"

"네, 넵."

지석창은 자신도 모르게 인상을 썼다. 그러고 보니 들은 적이 있는 것 같았다. 골목에서 힘주던 신출내기 조직 애들이 젊은 귀족 그룹의 손에 잘못 걸려 반병신이 됐다는 소문을 말이다. 보통 이런 일은 경호원들 손을 거치기에 그저 독한 놈들이라고 욕하면서 잊었던 내용이었다. 그런데 새우깡의 입에서 진성이란 말을 듣자 달리 떠올릴 수밖에 없는 그였다.

진성무도회.

겉으로는 실전 격투를 표방하지만 이미 십수 년 전부터 음지의 노름 격투장을 거의 장악하다시피 한 파워세력이었다.

어쨌든 지석창은 이 진성무도회를 아주 싫어했다. 겉으로는 스포츠를 표방하면서 뒤로는 온갖 구린 짓을 하는 집단이 진성무도회였다.

"지가 술 한 잔 따르겠습니다."

'엉겼으면 좋겠군.'

강서린은 웃었다. 이런 기분은 그야말로 오랜만이라 할 수 있었다.

사람들은 인식하지 못하지만 먹이사슬은 종(種) 대 종(種)으로만 성립되는 게 아니었다. 마치 비탈진 산에 오르듯 어느 정도 선에서는 부딪칠 수밖에 없는 게 오늘날 사람이 만든 사회였다. 이러한 구도는 사회란 틀 안에서 갈고 있을 경우 절대

피하지 못한다. 단지 그 계기가 큰지, 혹은 작은지에 따라 규모가 달라질 뿐.

그러나 이조차 일반적인 잣대로 쟀을 경우이고, 거의 정상에 다다른 인간들끼리는 작은 계기만 터져도 목숨을 건 사투를 벌이게 된다. 산 정상에 다다른 한 발짝과 기슭의 한 발짝이 그 가치가 다른 것처럼 말이다.

이런 충돌을 피하려면 홀로 깊은 산에 들어가 살거나 혹은 정상에서 오롯이 군림하는 수밖에 없었다.

지난 3년 중, 앞선 2년이 정상으로 걷는 시간이었다면 뒤의 1년은 그야말로 후자!

그를 아는 부류는 절대 그에게 계기를 주지 않았다. 오늘 같은 사소한 계기조차도.

영식이 잔을 받으며 미소를 짓자 지석창은 과연 살아 있는 권력자의 하나뿐인 아들이란 생각을 되새김질했다. 그래서 더욱 입을 놀리는 데 자신이 생겼다.

"진성무도회라고 아주 시레기 같은 늠들이다 아입니까. 지 같은 것들이야 묵고 산다꼬 이 임뱅을 떠, 떨어도… 으!"

돌연 어깨가 으슬으슬해질 정도로 무서운 눈빛이 그의 동공을 파고들었다. 영식의 표정은 변화가 없었는데 당장에라도 무릎 꿇고 싶을 만큼 두려운 심정이 치솟았다.

이어지는 순간, 실제로 심장이 벌떡거릴 만큼 차가운 어조가 그의 귓전을 후벼 팠다.

"분에 넘는 행동을 하는군."

"으으, 요, 용서를!"

탁, 하는 소리와 함께 강서린의 손가락이 석탁을 쳤다. 별 것 아닌 행동 같았지만 지석창의 몸을 망부석으로 만들기에는 충분했다.

실상 이런 광경은 아무리 대통령 영식이 상대라고 해도 과한 감이 있었지만, 옆에 있는 새우깡은 조금도 그런 생각을 품을 수 없었다. 젊은 손님이 입을 열자 마치 벼려진 칼날을 보는 듯한 착각이 이는 것이다.

새우깡의 혀가 마치 고양이 앞에 놓인 생쥐의 몸부림처럼 본능적으로 움직였다.

"다, 다, 다른 두 멤버는 저도… 가, 가끔 사람 수가 바뀌긴 하는데 이 다섯은 빠지지 않고……."

이쯤 했으면 더 이상 할 말도 없었다. 하지만 새우깡은 필사적으로 머리를 쥐어짰다. 더 이상 이 자리에 있다가는 심장이 떨려 오래 못 살 것 같다는 위기감의 발로였다.

"그, 그… 그러고 보니 지, 지금쯤 왔을… 히끅!"

젊은 손님, 무서운 사내가 일어섰다. 화들짝 놀라 헛바람을 들이켠 새우깡이 본능적으로 허리를 숙이며 뒤로 물러났다.

강서린은 한 발짝 앞으로 가며 지석창의 어깨를 툭 쳤다.

"이름이 뭐지?"

신기하게도 지석창은 어깨가 한 차례 떨리면서 긴장이 가시는 걸 느꼈다.

그는 최대한 공손히 대답했다.

"상주 지씨에 석창인디 고마 작고라 부르시면 된다 아입니까. 지가 작은 고추만케로 매운 늠이라고 소싯적부터 글케 불리고만요."

강서린은 피식 웃으며 한 번 더 지석창의 어깨를 쳤다.

"다음에 보지."

"허억! 충심을 다하겠습니다!"

지석창은 있는 힘껏 목청을 높였다. 좀 전에는 바짝 얼어붙어 오금이 떨렸는데 이번에는 희열이 솟구쳐 어깨가 떨려왔다. 주먹으로 살아올 동안 평생 느껴보지 못했던 든든함이 그의 가슴을 가득 채웠다.

이윽고 그가 고개를 들었을 때는 강서린이 룸을 나가고 난 뒤였다.

픽!

냅다 작고 두툼한 손바닥이 엉거주춤 서 있던 새우깡의 등짝을 후려쳤다.

"얌마, 니는 지금부터 단디 행동하라이. 당장 뛰가서 뽀이들한티 전달하란 말이여. 저분 하시는 일에 끼드는 뽀이는 내 손에 디진다고 말이제."

새우깡이 기겁을 하며 입도 벙긋 못하고 룸 바같으로 달음박질쳤다. 그런 새우깡의 등에 매서운 사투리가 한 번 더 쇄도했다.

"고마 좆빠지게 튀나가지 않고 머더냐!"

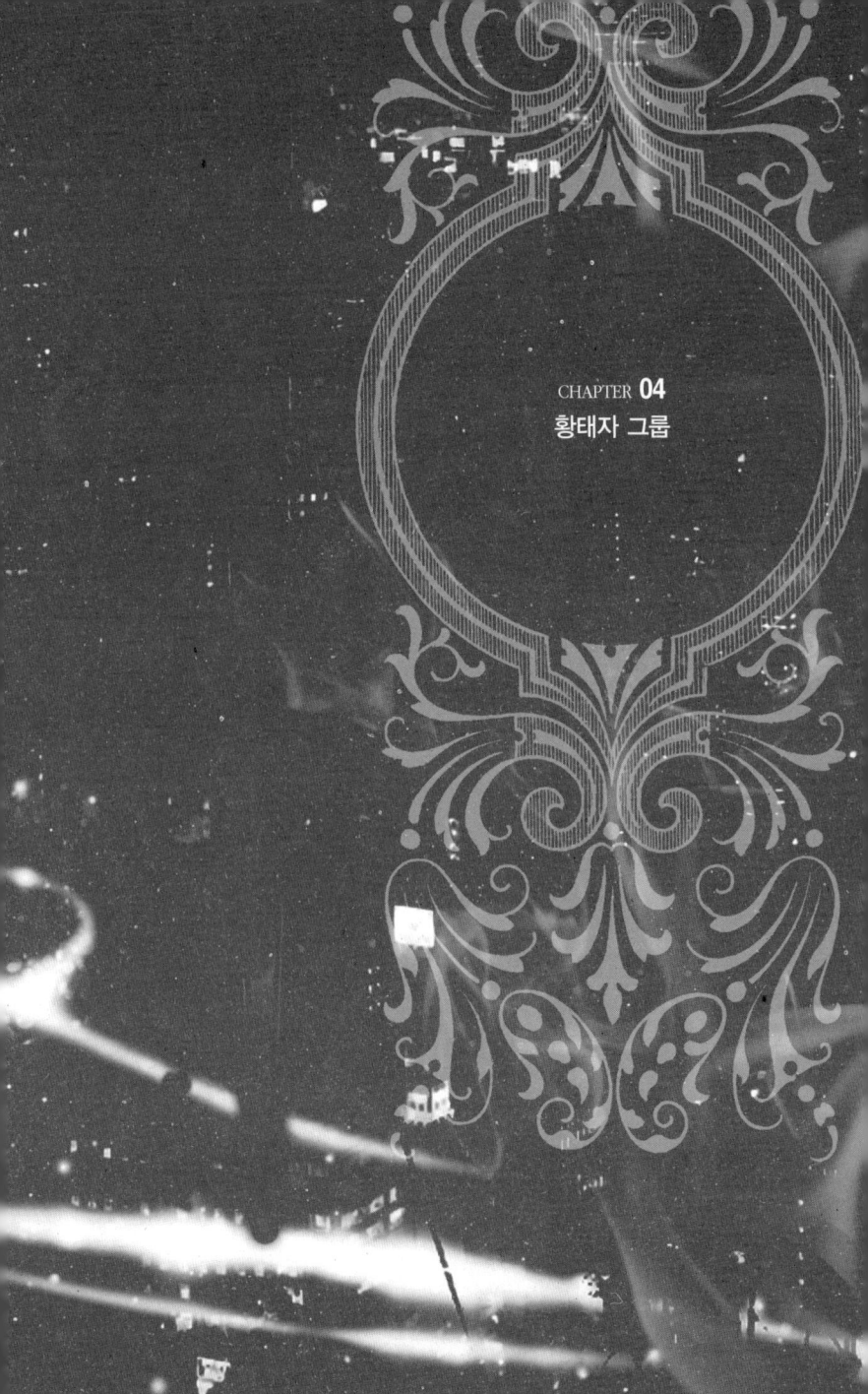

CHAPTER **04**

황태자 그룹

자신의 신분을 밝힌 강서린이 지석창의 극진한 안내를 받
으며 VIP룸으로 향하던 때였다. 줄리아나 나이트클럽의 바
깥, 입구와 연결된 정문 앞에서 일견하기에도 억울한 상황이
펼쳐지고 있었다.

"커억!"

신음과 함께 캐주얼한 패션으로 자신을 꾸민 젊은 청년이
배를 붙잡고 넘어졌다.

"큭! 새끼가 주제를 알아야지."

구부러진 청년의 옆으로 뱀 같은 마름모꼴 눈이 비웃음과

함께 지나갔다.

주위에 있던 손님들은 연민의 시선으로 청년을 보았지만 차마 나서기를 꺼려 하는 눈치였다. 이는 입구에서 대기하던 웨이터나 부장급들도 마찬가지인 듯 우물쭈물하는 기색이 역력했다.

다행히 일행이 있었는지 급히 청년을 부축하는 손이 있었다. 비슷한 또래의 복고풍 패션을 한 청년이었다.

"철아! 크흑……!"

복고풍 청년은 울분을 터뜨리며 친구를 일으켰다. 얼마나 세게 맞았는지 친구는 쉽게 일어나지도 못했다. 그러다가 몇몇 사람들이 부축을 도와준 건, 복도와 입구의 적막이 어느 정도 가신 다음이었다.

"쯧쯧, 그래도 이만하길 다행입니다. 쟤들이 얼마나 고약한데요."

누군가 혀를 차며 안쓰럽다는 듯 말했다. 그러자 지켜보던 사람들 중 몇몇이 크게 수긍하는 것처럼 고개를 끄덕였다.

사실 일방적으로 맞은 사람 입장에서야 이보다 더 억울할 수 없는 상황이었다. 문제는 설령 신고를 해도 순찰차를 타고 오는 말단 경찰 정도야 아무런 힘도 못 쓰는 상황이라는 데에 있었다. 오죽하면 대기하는 손님 부류 중에 척 보면 모르냐는 등의 수군거리는 소리도 적잖아 있었다.

그도 그럴 게, 조금 전 줄리아나의 입구 앞으로 거칠 것 없이 멈춰 선 일단의 차량.

그중에서도 마치 호위를 받듯이 다른 차들을 거느린 스포츠카 두 대는 누가 봐도 수억을 호가하는 최신형이었다. 당연하지만 서른 명에 가까운 대기 손님들의 시선이 그쪽으로 쏠렸고 부러움과 감탄사가 섞인 반응들이 교차했다.

물론 여기까지야 번화한 서울 도심지라면 어디에서나 흔히 보이는 광경이었다.

문제는 차에서 내린 일단의 부류가 정문으로 올라온 직후부터이다.

스포츠카 못지않은 최상급 명품으로 전신을 도배하다시피한 다섯 청년.

뒤로는 다른 차에서 내린 경호원들이 따라붙었고 앞으로는 기도와 웨이터들이 땅에 닿도록 허리를 숙였다.

특히 이들의 중앙.

과시라도 하듯 거침없는 발길로 앞장서 걷는 미남 청년이 있었다. 호리호리한 몸매에 말쑥한 키, 어지간한 명품은 내밀지도 못할 최상급 스타일에 잘생긴 이목구비 등 압도적인 귀티를 자랑했다.

단지 흠이 하나 있다면 어지간한 사람이라도 기피하고 싶을 만큼 거만한 분위기였다. 그래서인지 실제 줄을 서던 손님 대부분은 청년 부류가 올라오자마자 군말없이 좌우로 흩어질 정도였다.

분위기도 그렇지만, 실상 이들이 바로 서울 밤 문화의 패밀리 중에서 그 배후가 가장 든든하기로 유명한 로열 패밀리인 까닭이었다.

총 다섯 명의 멤버로 구성된 그들은 모두 돈을 물처럼 쓰는 재력을 자랑했으며, 주말이나 물 좋은 밤이면 어김없이 만나서 우정을 과시해왔다.

로열 패밀리는 모두 서른 안쪽의 나이로 얼굴이 준수한 편이었지만, 단연 돋보이는 인물은 리더인 김태수였다.

그는 불과 스물일곱 살의 나이에 수천억의 자본력을 가졌다는 일성건설의 사내 이사로 나이에 걸맞지 않는 위세를 자랑했다. 물론 자신의 능력이 아니라 그룹 총수인 아버지의 후광이었지만 용돈이나 타 쓰는 또래의 재벌 핏줄들과는 그 위세부터 다를 수밖에 없었다.

또한 직함을 이용하면 건설업에서 용역이라 불리는 합법적 폭력도 휘두를 수 있었다. 때문에 어디를 가든 그는 황제 부럽지 않은 대접을 받았고 이를 당연하게 받아들였다.

언젠가부터 그런 김태수는 자신과 비슷한 성향을 가진 힘있는 배경의 또래를 모아 뭉쳐서 다녔는데, 그들에 대한 이야기는 보통 좋지 않은 편이었다.

이들은 자신들의 눈에 거슬리면 무자비할 만큼 횡포를 부렸지만, 어느 누구도 맞서거나 제지하지 못했다. 그러기엔 로열 패밀리의 배경이 너무 부담스러웠던 것이다.

그러다 보니 이들의 행태는 시간이 지날수록 거만하고 방자해져 갔으며, 세상에 두려운 것이 없는 것처럼 설쳐댔다. 때문에 줄리아나의 손님 대부분도 이들을 알아보고 기겁을 하며 갈라선 것이다.

하지만 일부 그렇지 못한 손님들도 있었다. 거의 입장 순위가 다 되어 입구를 보지 못한 몇몇 팀이었다. 물론 이들도 로열 패밀리를 보자마자 기겁을 하고 비켜섰다. 아니, 모르는 사람도 주위의 분위기에 따라 자연스레 비켜설 수밖에 없었다. 그런데 재수없게도 잠시 스마트 폰을 정신을 팔려 때를 놓친 손님이 있었던 것이다.

사실 줄리아나의 복도는 꽤 넓어서 한 명 정도야 그냥 무시하고 지나가면 그만이었다. 그런데 로열 패밀리는 그냥 지나치지 않았다. 한 멤버가 나서서 폭력을 휘두른 것이다.

주먹 한 방에 멀쩡한 청년을 인사불성으로 만든 그는 합법적인 거대 폭력 집단으로 불리는 진성무도회의 사범이자 관주 아들인 서이창이었다. 외모 면에서는 멤버들 중 가장 떨어졌지만, 뒷골목의 조폭들도 벌벌 떤다고 소문난 인물이었다.

일반인에게 조직폭력배라고 하면 깍두기형 머리에 비곗살이 두툼한 문신 남자들을 연상케 하지만, 이들도 어떤 의미에서는 조폭과 다름이 없었다.

건달이 무리를 이뤄 폭력을 휘두르면 조직폭력배다. 그런 폭력에 금력과 배경마저 더해졌으니 어떤 의미에서는 더욱 무서운 조직폭력배가 이들이었다. 그러니 이런 사태를 해결해야 할 입구의 기도도, 좀 논다하는 손님들도 시선을 피하기에 급급했다.

요즘 들어 매주 빠지지 않고 줄리아나를 찾은 로열 패밀리는 언제나 그렇듯 2층의 가장 좋은 자리인 VIP룸으로 향했다.

그들은 간단하게 입가심을 하고 오늘 있을 중요한 모임으로 자리를 바꿀 계획이었다. 그런데 상황이 묘하게 돌아갔다.

2층의 뒷면은 온통 번호가 적힌 룸들의 입구였지만, 그 앞에는 스테이지가 내려다보이는 양주 테이블들이 있었다.

똑같은 룸이라도 이들의 룸이 VIP인 이유는 중앙 계단과

인접하다는 이유였고 양주 테이블의 가장 좋은 자리 역시 마찬가지였다.

보통 나이트에 오는 남자라면 입구에서부터 여자들의 외모를 살피게 마련이었다. 이는 로열 패밀리 멤버들 또한 다르지 않아, 거만한 자세긴 했으나 마치 시중들 여자를 뽑는 것처럼 주변을 훑으면서 오고 있었다. 이에 비해 이들의 리더인 김태수는 다른 멤버들처럼 눈을 흘끔거리거나 미모의 여자를 찾지 않았다.

그가 점잖은 성격이라서가 아니었다. 굳이 여자를 찾지 않아도 팁을 원한 웨이터들이 미녀들만 골라서 갖다 바쳤고 그게 아니면 멤버들이 나서서 자신의 욕구를 충족시켰으니까.

물론 예외가 아주 없지는 않았다. 오늘 중요한 모임을 앞두고 굳이 줄리아나를 찾은 연유 또한 그 예외 때문이었다.

"태수야, 그년 오늘도 빼면 어쩌려고?"

김태수를 보면서 말한 사람은 패밀리의 두 번째 서열인 심태국이었다. 일성 계열은 아니라도 재계 랭킹 5위를 넘나드는 오비 그룹의 전자 계열사가 그의 집안이었다.

거의 10년 동안 계열사 사장을 맡고 있는 그의 아버지는 오비 그룹 내에서도 상당한 입김을 자랑했다. 때문에 재벌가라하긴 뭐해도 어중간한 집안보다는 훨씬 잘나간다 해도 과언이 아니었다. 하지만 이런 집안의 돈보다는 그 자신이 가진 개인적 역량으로 김태수 다음 가는 서열을 차지한 심태국이었다.

그는 사람을 괴롭히고 무너뜨리는 데 매우 뛰어난 재능을 자랑했다. 또 뒤탈없이 일을 처리하는 깔끔함은 멤버들 중 누구도 따라하지 못할 정도였다.

그런 심태국의 질문에 김태수는 비릿한 미소를 지으며 말했다.

"괜히 그 꼴같잖은 내숭을 참아준 게 아니지. 오늘 같은 날 써먹으려고 아껴둔 거라고."

"그렇지. 지년이 아무리 도도해도 우리가 좀 강하게 나가면 어쩌겠어?"

"그럴 필요까진 없을 거다. 그동안 들인 정성이 있는 데 정신 나간 여자가 아니면 내 손을 거절하지 못할 테니까."

이때 입구에서 주먹질을 한 후에 별다른 말이 없던 서이창이 좌측 어딘가를 보더니 말했다.

"태수, 저길 좀 봐야겠다."

서이창의 말에 멤버들의 시선은 일제히 자신들이 향하던 VIP룸 맞은편으로 향했다.

"뭐야? 이인혜하고 그년, 친구들 아냐?"

"웬 곰 같은 새끼랑 놀고 있는데?"

"일행인가? 여자 셋이서 한 놈이랑 부킹할 리도 없고……."

김태수를 제외한 멤버들이 저마다 이죽거림 비슷한 말들을 늘어놓았다. 잠시 차가운 눈빛을 하던 김태수도 이내 피식 웃으며 말했다.

"아는 사이 정도겠지."

사람 수가 맞는 것도 아니고 여자 셋에 남자 하나였다. 정상적인 부킹이라면 납득하기 힘든 광경이었다.

그렇다고 눈에 거슬리지 않는 건 아니었다. 스스로도 황태자를 자처할 만큼 드높은 자존심을 가진 그였다. 겉으로는 대범한 척했지만 속내는 달랐다.

'개 같은 년, 이 몸의 관심을 받으면서 다른 새끼하고 술을 처마셔? 오늘 네년의 몸뚱이 제대로 굴려주마.'

김태수는 번들거리는 눈으로 그쪽을 보다가 말했다.

"태국이 네가 가서 저년 데려와라."

"오키, 잘됐네. 어차피 모임 가려면 오래 못 있는데 본 김에 바로 움직이는 게 낫지."

심태국은 목을 좌우로 풀면서 퀸카가 있는 테이블로 움직였다.

그렇게 몇 초나 흘렀을까?

"뭐여? 이 호로 잡것은? 장아찌랑 깍두기에 이은 제3탄인 감?"

테이블 앞에 선 심태국은 몇 번이고 자신의 귀를 의심해야만 했다.

요란하기 그지없는 환경이었지만 세 여자의 시선을 피해 여기저기 딴청을 피우던 철우는 로열 패밀리가 2층에 올라온 직후부터 볼 수 있었다.

척 봐도 특권 의식이 가득한 분위기에 돈지랄한 스타일 등 철우 자신이 싫어하는 종자였다.

'물론 대장은 제외지.'

저런 부류가 지렁이라면 대장은 용이었다. 지렁이가 꿈틀대는 건 징그럽지만 용이 움직이는 건 멋지다.

'대장이 자리 지키라고 했는데 이건 뭐하는 깝죽이야?'

무엇보다 대장의 명령이 바로 정의였다. 때문에 저들 중 한 놈이 거들먹거리면서 걸어오자 대뜸 도발부터 했다.

상대가 놀라서 멈추자 철우는 빙글거리며 즉시 직격탄을 날렸다.

"임자 있는 자리니까 얼라는 훠이!"

심태국은 느닷없는 막말에 잠시 얼이 빠졌다가 웬 곰 같은 녀석이 손장난까지 치면서 자신을 능멸하자 콧잔등이 부들거릴 만큼 화가 났다.

"비천한 새끼가 주제도 모르고 감히!"

심태국의 손이 발작적으로 올라갔다. 이때 갑작스런 그의 등장과 철우의 막말로 미처 반응하지 못했던 여자 셋이 다급한 목소리를 냈다.

"태국 씨! 왜 이래요?"

"맞아! 우리 아는 사람이란 말이야!"

"미안하지만 다음에 봤으면 해요. 여기 철우 씨 말실수는 제가 대신 사과할게요."

멈칫한 심태국은 어이없다는 눈으로 여자들을 봤다. 퀸카 이인혜는 그렇다 쳐도 평상시 자신들에게 협조적이던 퀸카 친구들이 반항적인 태도로 나오는 것이다.

심태국은 가까스로 분노를 참으며 물었다.

"아는 놈입니까?"

"인혜 중학교 동창이에요."

임지영이 대답했다. 그러자 심태국은 살기서린 눈으로 철우를 응시하다 천천히 손바닥을 내렸다.

"꼴통 새끼, 운 좋은 줄 알아라."

일단 퀸카 그룹이 먼저였다. 이따위 천민쯤이야 일을 성사시키고 나서 손봐줘도 늦지 않다. 자칫 동창이란 놈을 건드려서 일을 어렵게 만들 필요는 없다는 게 그의 생각이었다.

심태국은 표정 관리를 하며 이인혜 쪽으로 눈을 돌렸다.

자신을 향한 욕설에 막 턱을 벌리려던 철우는 허벅지에서 느껴지는 짜릿한 통증에 합죽이처럼 뻐끔했다.

"헙!"

그의 허벅지를 꼬집은 임지영이 귓불을 당기면서 속삭였다.

"조용히 안 할래? 그러다가 정말 큰일 난단 말이야."

"흐으……."

귓속에 닿는 부드러운 숨결에 철우의 턱이 헤벌쭉 내려갔다. 얼굴도 거꾸로 세운 온도계처럼 달아올랐다.

스킨십에 약한 여우 같은 곰, 그 이름은 철우였다.

그러거나 말거나 임지영은 약간 화가 난 얼굴로 심태국을 노려보았다. 안 그래도 웨이터의 비매너에 화가 나 있었고 이어서 벌어진 사단으로 걱정스런 와중이었다.

그런데 원인 제공을 한 당사자 중 한 명인 심태국이 자신의 파트너에게 손찌검까지 하려 하자 이들에게 향했던 호감이 짜증으로 바뀐 것이다.

유한나도 좋지 않은 기색이긴 마찬가지였다. 귀엽게만 느껴지던 그녀의 볼은 잔뜩 화가 난 사람처럼 부어 있었다.

그러나 심태국은 거만한 태도로 이런 분위기를 무시했다.

그러고는 당연하다는 것처럼 손을 내밀었다.

"저희랑 함께 다른 데로 가시죠. 오늘 있을 최고 귀족들의 모임에 특별히 세 분 미녀를 우리의 파트너로 모시겠습니다. 기대하셔도 좋을 겁니다."

그의 말투는 정중했다. 목소리도 듣기 좋은 톤이었다. 그런데 듣는 여자들의 기분은 그렇지 못했다. 털털하고 재미있는 철우와 함께한 탓인지 이들 특유의 오만함이 다른 때와는 다르게 느껴졌다.

이인혜는 저쪽에 서서 마치 쇼핑을 하듯 자신을 보는 김태수의 모습과 그 패밀리의 태도에 왠지 구역질이 나올 것만 같았다.

'…잘못 생각한 걸까? 언제부터… 아무리 현실과 타협해도 이건 아닌데…….'

마음의 시야가 사뭇 커지니 왠지 모를 민망함에 얼굴이 붉어졌다. 잠시 말이 없던 이인혜는 바뀐 마음만큼이나 차가워진 눈빛으로 심태국을 보았다. 돌연 그녀는 뭔가 결심한 사람처럼 딱딱하게 말했다.

"말하지 않았나요? 다음에 보자고요. 아니, 이럴 게 아니라 다음부터는 아는 척 안했으면 좋겠네요. 태수 씨한테는 그동안 고마웠다고 전해주세요."

"……!"

단순한 튕김이 아니라 확고한 거절 의사였다.

심태국은 물론이고 임지영와 유한나마저 놀라는 표정이었다.

무엇보다 로열 패밀리의 2인자인 심태국이 언제 이런 거절을 들어봤겠는가?

심태국의 눈자위가 흉물스럽게 일그러졌다.

'이런 쌍년이 뭐라는 거야? 좀 반반해서 떠받들어 줬더니 주제도 모르고 기어올라?'

다른 멤버들 같았으면 계집이고 뭐고 머리채를 잡아 끌고 나갔을 것이다. 하지만 그는 명색이 패밀리의 머리였다.

상황이 이쯤 되자 전과는 전혀 다른 퀸카 그룹의 분위기를 읽을 수 있었다.

'이년들한테 뭔 일이 있는 모양인데?'

심태국은 속내를 숨긴 채 짐짓 호탕한 척 코끝을 들었다.

"하하, 알겠습니다. 태수한테 단단히 전하고 다시 오겠습니다."

그가 혼자서 돌아서자 로열 패밀리의 분위기가 급속도로 냉각됐다.

이는 서울의 황태자로 군림하는 김태수.

그의 입에서 차가운 어조가 흐른 탓이었다.

"감히 이 내가 태국이를 보냈는데도……!"

　　　　*　　　　*　　　　*

　철우는 한 병에 자그마치 자신의 일 년치 용돈과 맞먹는 샬루트 30년산을 병째 들이켜고 있었다.

　꿀꺽! 꿀꺽!

　쿵!

　테이블이 흔들릴 만큼 냅다 양주병을 던진 그는 소매로 거칠게 입을 문댔다.

　"꺼억, 이제야 좀 살 것 같네."

　결과적으로 그는 혼자가 됐다.

　이상한 분위기를 감지한 심태국이 웨이터를 불러서 퀸카 그룹이 겪은 일을 들은 것이다.

　감히 로열 패밀리의 담당 웨이터를 폭행했다가 조폭에게 끌려간 겁대가리 상실한 평민의 이야기를.

　로열 패밀리는 이를 당연하게 받아들였고 비웃기까지 했다. 남의 약점을 잡는 게 주특기인 심태국은 은근한 투로 퀸카 그룹을 압박했다. 자신들을 따라가지 않으면 끌려간 강서린이 다친다는 식으로 말하길 서슴지 않았다.

　유한나가 가장 먼저 훌쩍이며 일어났다. 그녀는 강서린에게 푹 빠져 있었다. 잠깐의 부킹이지만 아이 같은 성격만큼이나 빠르게 호감을 가진 그녀였다.

이인혜는 그런 친구를 보듬다가 이를 악물며 김태수의 팔짱을 꼈다. 친구를 위해서라도 어쩔 수 없는 선택이었다.

물론 그녀들 가운데는 곰이 있었다.

한번 화나면 눈에 뵈는 게 없는 난폭한 곰이! 하지만 그런 곰도 파트너의 진심 어린 만류에는 콧김을 뿜는 것 외에 아무것도 할 수가 없었다.

그룹의 맏언니 격인 임지영은 일행만 따로 보낼 수 없다면서 자신의 파트너인 철우 역시 로열 그룹의 손에 다치는 걸 원치 않는다고 했다.

사실 철우에게도 차마 나서지 못할, 말하기 힘든 이유가 있었다.

그는 곰 같은 여우.

과거에나 지금이나 강서린의 사냥개를 자처했다.

본래 주인없는 사냥개가 혼자 깽판을 치면 판이 깨진다. 뒷수습만 지저분해 질 따름이다. 따라서 노련한 사냥개는 먹잇감을 포착한 채 주인의 신호를 기다리게 마련이었다. 그래서 철우는 참았다.

수적으로도 딸렸고 여자들을 설득하기 위해 대장의 신분을 밝히는 것도 어려웠다. 그런데 머리에 남은 온기가 그를 참기 어렵게 만들고 있었다.

임지영은 곰 같은 그의 머리를 쓰다듬으며 잠깐 다녀온다
고 했다. 그러면서 자신의 스타일만큼이나 씩씩하게 연락처
를 적어줬다. 내일 다시 보면 되니까 걱정하지 말라고……
그게 철우의 심기를 어지럽게 만들었다.

"우욱, 좀 천천히 마실걸!"

속이 거북하지만 워낙 술이 쎈 그였다. 그래도 취기를 핑계
삼아 불만 정도는 흘릴 만큼 폭음하긴 했다.

"이거 대장 성격 옛날만 못한 거 아냐? 옛날 같으면 발부터
날아갔을 텐데 삐죽하게 생긴 녀석이랑 같이 간 걸 보면 말이
지."

"왜 혼자서 있지?"

"아씨, 몰라서… 앗!"

철우는 한창을 주절대고 있기에 반사적으로 대꾸하다가
벌떡 자리를 박찼다.

"대장!"

곰이 춤추는 것 같은 설레발에 강서린이 인상을 찌푸리며
다시 말했다.

"어째서 혼자냐고 물었다."

"어떤 부르주아 새끼들이 와서 억지로 데려갔다니까요. 크
흑!"

뭐가 그렇게 서러운지 아래턱을 쭉 내밀면서 울상을 짓는

철우였다.

"억지?"

강서린의 한쪽 눈썹이 눈에 띄게 올라갔다.

억지라고 한다. 그것도 내 앞에서? 얼마나 어지간했으면?

강서린은 텅 빈 테이블을 보며 간만에 언짢음이란 감정을 느꼈다.

짝!

"으헥!"

등에서 불길이 느껴지자 펄쩍 뛰며 손을 가져가는 철우였다. 강서린은 한 대 더 때릴까 하다가 그만뒀다. 철우는 잘못한 게 없다. 이성은 그걸 머릿속에 속삭이고 있었다.

"몇 놈이지?"

"다섯 놈인데 죄다 명품으로 도배를 한 부르주아 자식들입니다."

앞서 들은 내용이 있기 때문에 이 정도 설명만 들어도 더 이상 물을 필요가 없었다.

"그렇단 말이지?"

으드득.

한낱 술자리에서 까부는 것과 여자들을 데려간 건 차원이 다른 얘기였다.

강서린은 자신도 모르게 이를 갈았다.

말하자면 애교 차원으로 예상하던 강아지 새끼들의 도발이 똥을 싸지르고 도망 간 정도로 바뀐 것이다. 참고로 그는 더러운 걸 매우 싫어했다.

"가자. 여자들을 데려와야겠다."

강서린은 가슴에서 우러나오는 불쾌함을 단단히 풀어야겠다고 마음먹었다.

철우가 주먹을 쥐고 붕붕 흔들면서 말했다.

"대장, 밖에 그 시방새들이 대기시킨 놈들이 좀 있을 거라고요. 얼마나 고약한 놈들인지 전 손 하나 까닥 안했는데 협박까지 했다니까요!"

사실 이 자리에 심태국이 있었다면 기막혀서 어이가 없었을 것이다. 언어폭력도 일종의 폭력 아닌가. 물론 엄밀히 따져 손가락 하나 들이대지 않은 건 맞았다.

여자들이 자리를 뜨고 좀 멀어지자 이를 갈고 있던 심태국이 비릿하게 웃으며 협박성을 날린 것도 사실이었고.

어쨌든 철우는 아빠에게 이르는 아들처럼 절묘하게 로열패밀리를 흉봤고 강서린은 더욱 인상을 쓰며 클럽 바깥으로 나갔다.

그가 움직이자 새우깡 박스의 웨이터들이 우르르 몰려가 인사를 했다. 곧이어 메인 새우깡이 미친 사람처럼 달려와 머리가 땅에 닿도록 허리를 숙였다.

"술값은 작고 형님께서 계산하셨습니다!"

"알았다. 아참, 잊을 뻔했군."

"우와!"

웨이터들 사이에서 탄성이 터졌다. 얼떨결에 머리를 든 새 우깡은 펄럭이며 떨어지는 종이 한 장을 볼 수 있었다.

"헉! 감사합니다!"

공이 일곱 개가 붙은 수표를 꼭 끌어 쥔 메인과 여섯 명의 새끼 웨이터들. 그들에게 오늘은 전설로 기억될 날이었다. 그러니 목청이 터지도록 인사를 연발해도 부족할 지경이었다.

강서린이 다시 움직이자 클럽 입구를 지키는 기도들도 정중하게 허리를 숙이며 배웅했다.

클럽에 들어가려고 줄을 서 있던 사람들이 부러운 눈으로 강서린을 바라보았다.

"저 사람 누구야? 분위기 죽이는데?"

"글쎄? 얼굴은 처음 보는걸?"

"새롭게 등장한 부잣집 아들이 아닐까?"

"에이, 그냥 돈 좀 있다고 저러겠니. 분명 알아주는 명문의 아들일 거야."

"아앙, 조금만 일찍 올걸!"

"계집애, 떡 줄 사람은 너랑 안놀걸?"

한편, 클럽의 바깥에서는 이런 여자들의 수다를 들으며 인상을 쓰는 두 남자가 있었다.

이들의 뒤에는 비상 깜빡이를 켠 검은 소나타 대기하고 있었다. 자세히 보면 본네트 위 전면 유리창 구석에 일성 그룹의 마크가 새겨져 있었다.

"어느 정도 사는 놈인가 본데?"

"그래봤자 사람 잘못 건든 거지. 하필 도련님한데 찍히다니, 쯧쯧."

혀를 찬 남자는 일성 그룹 산하의 경호원이었다.

잠시 뒤 익숙한 몸짓으로 누군가의 앞을 막은 그들이 험악하게 인상을 쓰며 협박성을 날렸다.

"미안하지만 우리 좀 봐야겠다."

보통 일반인이 이런 상황에 처하면 두려움에 떨면서 신고 운운하거나 도망치게 마련이었다.

그런데?

두 경호원의 불운은 하필 상대가 일반인의 범주를 훨씬 뛰어넘는 존재라는 데에 있었다.

픽! 하는 소리가 끝이었다.

강서린은 가볍게 걷어찼고 입을 놀린 경호원의 몸이 저 멀리 날아가서 처박혔다.

"뭐야?"

옆에 있던 또 다른 경호원은 기겁을 하며 반사적인 공격 자세를 취하려고 했다. 그런데 번개처럼 손 하나 뻗더니 거짓말처럼 그의 머리칼을 움켜쥔 채 올라갔다.

"으, 으악!"

두피에서 올라오는 끔찍한 고통에 경호원은 꼼짝도 하지 못하고 비명을 질렀다.

잠시 지켜보기만 하던 강서린이 슬쩍 팔을 내리며 말했다.

"묻지. 어디로 갔나?"

인간만큼 고통에 민감한 종도 없었다. 경호원은 정말 죽을 것 같은 표정을 지으며 급하게 대답했다.

"끄으윽, 대, 대치동에 있는 페, 펠컨 킹덤에!"

"알았다."

회익, 쿵.

강서린은 아무렇게나 그를 집어 던지며 도로가로 걸어갔다.

"음, 헐……."

혹시나 대장 성격이 예전보다 좀 유해진 게 아닐까 하고 살짝 의심하고 있던 철우는 은근슬쩍 가슴을 쓸어내렸다.

'휴, 여자들 구한답시고 깽판 쳤다가 죽을 뻔했네.'

소싯적, 주제넘게 나섰다가 일을 난잡하게 만든 애들이 여럿 저런 꼴로 처박혔었다.

잠시 후, 리무진 급 세단 한 대가 미끄러지듯이 달려와 도로가에 멈춰 섰고 보조석 문이 열리면서 단단한 인상의 정장 남자가 모습을 드러냈다. 줄리아나 임원실에서 청와대 경호처 실장이란 신분을 드러낸 박건욱이었다.

"도련님."

그의 묵례를 받은 강서린이 가볍게 입술을 달싹였다.

"펠컨 킹덤으로."

＊　　＊　　＊

대통령 영식의 경호 책임자인 박건욱은 일개 무도관의 사범 출신에서 불과 반년 만에 그 능력을 인정받아 경호처 실장급 보직에 오른 입지전적의 인물이었다. 그러나 이는 대외적으로 알려진 평이고, 본래 그는 전 정권 시절만 해도 국정원 소속 일급 첩보 요원으로 활동했었다.

그가 사용하는 유파 역시 서류상에 기재된 일반적인 종합 무술이 아니었다.

그는 세간에 거의 알려지지 않은 고대 무술의 맥을 잇고 있었다. 자연 무공과 중국어에 능했고 첩보원 생활을 하며 길러낸 특유의 상황 판단 능력도 탁월했다.

박건욱은 영식을 태운 리무진이 한강 변을 지나 목표 장소에 가까워지자 버릇처럼 손목을 들어 시계의 초침을 확인했다.

'그나마 다행인가?'

새벽 2시가 넘어가고 있었다. 이전 경호지침 매뉴얼대로라면 밤이 야심하다는 이유만으로도 긴급 보고를 해야 했다.

시대가 바뀌었지만, 청와대의 여러 지침에는 여전히 군사정권 시절의 틀이 남아 있었다. 그중에서도 대통령 일가 경호수칙은 오래도록 큰 변화가 없었다. 정권이 바뀔 때마다 소소한 변화는 있었지만 그뿐이었다.

본래 같으면 대통령 영식의 곁에서 밀착 경호는 물론이고 주어진 일과 역시 제한적이었다.

모르는 사람들이야 경호원의 대동을 부러워하겠지만, 미리 계획서를 제출하고 그 일과에 맞춰서 생활하는 답답한 운명이 바로 최고 권력자의 혈육이란 위치였다.

말하자면 창살 없는 감옥.

따라서 대통령 영식의 오늘 같은 외유는 실로 파격 그 자체였다. 즉흥적으로 유흥업소에 갔다는 사실 하나만 꼽아도 그랬다.

그런데 실상을 들여다보면 전혀 그렇지가 않았다.

불과 얼마 전, 과거와는 비교를 불허할 만큼 능동적이고 자율적으로 대통령 혈육에 관한 경호 수칙이 바뀌었다.

앞서 경호처 보직 인사의 대다수가 반대하고 나섰지만, 정작 영식의 경호 책임자인 박건욱 실장이 주도해서 대통령 승인을 받아냈다.

당시, 경호처에는 이런 박건욱 실장을 이상하게 보는 분위기가 팽배했다. 영식의 자유도가 커질수록 실무 책임자의 부담이 몇 배는 더 커지기 때문이었다.

뿐만 아니라 재수없게 사고라도 터지면 수칙 변경에 따른 책임까지 져야 하기에 누가 봐도 이해하기 힘든 행동이었다.

그렇다고 특별대우를 할 만큼 이번 대통령의 혈육에게 뭔가 다른 점이 있는 것도 아니었다. 오히려 후보 시절, 대통령 영식인 강서린은 아버지의 약점이 될 뻔한 존재였다.

당초 영식의 부친인 강국호 대통령은 인권 변호사 출신임에도 거대 그룹 회장을 아내로 둔 특이한 이력의 후보였다.

재물을 탐할 필요가 없는 대통령 후보.

민의를 챙기는 인권 변호사 출신의 후보.

기업과 노동자를 아우르는 후보.

종례에 강국호 대통령이 시너지로 승화시킨 이력이기도 했다.

돈이 있으니 뇌물을 받을 필요가 없고, 과거사도 깨끗했다. 하지만 정적들은 기어코 약점을 찾아냈고, 그게 바로 일찍부터 유학을 간 그의 아들이었다.

한국 사회에서 조기 유학은 노골적인 지탄의 대상.

불과 16세의 나이가 되기도 전에 유럽 유학을 떠난 대통령 후보의 아들은 좋은 먹잇감이었다. 그런데 정적들은 시작도 하지 못한 채 꼬리를 내렸다. 숨겨진 미담이 세상에 드러났기 때문이었다.

과거 영국에서 벌어진 테러 사건 당시에 영국 여왕의 아들인 찰스 왕세자를 구한 생명의 은인이 바로 후보의 선친이었고 이게 인연이 돼서 아들을 보냈다는 이야기였다.

한국 사람들은 미담에 열광한다. 더군다나 콧대 높은 영국 왕실이 은혜를 갚기 위해 그랬다는 데 약점이 될 리가 없었다. 이렇게 김국호 대통령은 추문이자 약점이 될 뻔한 아들을 미담의 주인공으로 바꿔놨고, 한동안 세인들의 입에서 운 좋은 권력자의 아들로 오르내렸다. 하지만 그게 끝이었다.

왕권제의 국가에서 왕족이라면 그게 누구든 주목의 대상이지만, 대통령의 혈육은 이야기가 달랐다. 특히 한국은 그런 경향이 더 심했다. 대통령의 얼굴은 기억해도 대통령이 몇 명의 자녀를 두고 있는지도 모르는 사람이 태반이었다. 이는 대통령 임기가 가진 굴곡 탓이었다.

초반이나 중반, 대통령의 권력이 막강할 때는 함부로 최고 권력자의 심기를 건드리려는 언론사가 없다. 어지간한 일은 은폐되고 수면 아래로 가라앉는다.

권력의 누수가 시작되는 임기 말에는 대통령 스스로 집안

단속에 힘쓴다. 때문에 한국에서는 딱히 비리사건이 터져 대통령의 임기 말에 집중 포화를 맞지 않는 이상, 대통령 혈육이 화제가 되는 경우는 거의 없는 것이다.

이러니 박건욱 그 스스로도 영식의 경호를 맡는다고 해서 이런 현실에 봉착할 줄은 꿈에도 몰랐었다. 비리는 고사하고 갓 스무 살에 오른 애송이가 그의 경호 대상인 탓이었다.

'후, 그날… 그날의 일이 현실이 아니었다면 아직도 얼빠진 경호나 하고 있었겠지.'

일생일대의 가장 충격적인 기억으로 남은 그날!

그 기억은 박건욱 자신뿐만 아니라 여러 사람에게도 영향을 끼쳤다.

대통령 임기가 시작되고 한 달.

대통령의 영식이 비행기를 타고 한국으로 돌아온 지 이틀째 되는 날이었다.

사회에 알려지지 않은 비밀스런 조직체.

사방의 강대국과 막후 조직들로부터 한민족을 지키고자 하는 열사들의 모임이 있었다.

박건욱은 그곳에서 발탁되어 신임 대통령을 지키고자 보내진 수신 호위 중 한 명이었다.

지하 7층의 원탁을 가운데 두고 그들은 박건욱의 진술을 듣고자 했다.

"어째서 제가… 그런 파격적인 경호 수칙 변경에 나섰냐고 물으셨습니까?"

그는 목이 타는 듯 냉수를 들이켜며 천정의 구석으로 시야를 두었다. 그러고는 느릿하지만 또박또박한 어조로 말했다.

"눈 깜짝할 사이였습니다. 능히 일당백이라 자부했던 제 수하 열 명이 정신 줄을 놔버린 시간이."

물 잔을 쥔 채 힘을 줬다가 놨다 하는 그는 정작 마시려는 표정이 아니었다. 그건 마치 손에 뭐라도 쥐지 않으면 떨림을 참지 못하겠다는 기색과도 같았다.

"믿으시겠습니까?"

조르륵거리며 흔들리던 냉수가 물잔 아래로 떨어졌다.

"저 역시 주먹질 한 방이었습니다. 불과 20세에 불과한 대통령 영식이 살신류를 계승한 저를… 그것도 맨손으로 간단히 무력화시켰습니다. 좌들께서는 그를 코어의 협조자로 의심한다고 하셨지만 우리들의 상식으로 볼 때는 그건 커다란 착각입니다."

목이 타는 듯 그는 냉수를 들이켜며 말끝을 이어갔다.

"고작 대통령의 어린 영식에게 일개 사단급 이상의 무력을 주는… 그리고 줄 수 있는 코어의 소유자나 조직은 이 세상엔 없을 것이란 게 저의 확고한 생각입니다."

그는 감정기복이 커진 듯 숨을 몰아쉬다가 자신의 귀를 울려대는 질문들에 콧등이 패일 만큼 힘을 주면서 되물었다.

"뭐라고 하셨습니까? 너무 포장하는 게 아니냐고 하셨습니까? 비기는 사용했냐고 물으셨습니까?"

그의 얼굴에 자조적인 미소가 지어졌다.

"물론입니다."

그가 오른손을 들어 자신의 뒤를 가리키자 번쩍거리는 빛과 함께 뭔가가 적나라하게 올라갔다.

"여기저기 처박혀서 잘 안보일 수도 있겠습니다만."

손을 내리며 돌아보는 그가 화면을 가리켰다.

"천악문. 비기를 쓰면 코어의 소유자랑 붙어도 능히 자신하는 제 사문입니다. 그런 천악문에서 제 사형제들이 모두 나셨습니다. 그중에는 좌들께서도 아시는 저희 문파의 대사형도 계셨습니다. 삼합회의 특급 전사인 태릉과 싸워 일대일로 이긴 천악의 수호신이 말입니다."

화면이 어딘가로 클로즈 업됐다. 마치 단단하게 연마한 바위처럼 울퉁불퉁한 근육질의 육체!

남성다움이 물씬 풍기는 각진 외모와 그 앞을 십자 형태로 막고 있는 돌 같은 두 주먹.

이를 보던 박건욱은 자조적으로 대뇌었다.

"사형은 최강입니다. 코어의 초인들을 제외하면 말입니다.

비기를 쓴다면 그런 초인들과도 경합할 수 있는 괴물이 대사형입니다."

그의 눈자위가 실룩이며 아래로 내려갔다.

"그런 대사형이 맞다가 기절했습니다. 영식의 발차기 따위에 말입니다."

박건욱의 말이 끝나는 순간에 맞춰 화면은 전혀 다른 누군가를 투영했다.

마치 절대자처럼 쓰러진 자들을 굽어보는 사내.

비바람에 휘날리는 검은 옷깃과 검은 머리칼은 묘한 위압감이 있었으나 이를 제외하면 쓰러진 자들에 비해 너무나도 왜소했다. 마치 주변 환경과 전혀 동떨어진 이질감을 선사할 정도였다.

"그런 것을 봤으니 따르지 않을 도리가 있겠습니까?"

당시를 회상하는 듯 그의 얼굴이 파르르 떨리며 땀방울을 배출하기 시작했다.

일단 부딪치면 반드시 피를 보는 것이 바로 살신류의 자존심.

하지만 이는 사내의 등을 보는 순간, 오싹한 기분과 함께 사라져 버렸다.

비와 바람조차 비켜가는 그의 등은 야수.

천악문의 무인들을 상대할 때 뿜어진 그의 기백은 그 어떤 야수보다도 무서웠다.

깊게 드리웠던 회상에서 깨어난 박건욱은 불현듯 머리를 돌려 확인하고 싶었다. 자신이 보았던 게, 현실인지. 지금 뒤에 있는 사내가 바로 그 야수인지!

하지만 이내 박건욱은 마른침을 삼키며 마음을 다잡았다.

'아니, 절대 착각이 아니다.'

야수는 잠들어 있을 뿐이었다.

CHAPTER **05**

소드 마스터

"대장! 저만 차에 있으라고요? 아이잉, 그러지 말고 데려가
주십쇼."

철우가 애교를 떨면서 나섰다. 그러나 날아온 건 갑절의 단
호함이었다.

"네놈의 덩치로는 들어가지도 못한다. 잠시 뒤에 부를 테
니 여기서 대기하도록."

박건욱은 수년 만에 한국으로 돌아온 강서린이 자신들도
대동하지 않은 채 낯선 건물로 들어가는 이유를 조금도 짐작
하기 힘들었다.

그렇다고 함부로 물을 수도 없는 건, 근례에 겪은 영식의 성격은 쓸데없는 질문을 대단히 싫어했다.

"필요하면 부르십시오."

그가 할 수 있는 말은 이게 전부였다.

강서린은 경호원들을 뒤로한 채 화려하게 만들어진 야자수 가로등 아래를 걸었다. 도보 좌우에는 고급스런 소나무들이 서 있고 고개를 돌려 중앙을 보면 화려한 정자들과 분수대가 조명 아래 반짝이고 있었다.

몇몇 사람들이 정자 주변과 도보를 걷고 있었지만 조명등만으로는 사람들의 얼굴을 확인하기가 어려울 정도로 넓은 장소였다.

도보의 끝에는 타원형으로 만들어진 건물이 나왔다. 건물 입구 상단에는 금빛으로 물든 킹덤(Kingdom)이라는 영문자가 입체 영상처럼 넘실대고 있었다.

전면은 일체 유리로 되어 있고 내부 또한 온통 금빛으로 번쩍였다. 여기에 백색 조명과 르네상스 시대의 그림들, 우아한 비너스 조각상이 어우러져 대단히 고급스러운 분위기를 자아냈다.

대략 1년 전에 완공된 이곳은 스페셜 라운지 호텔로 불리우는 킹덤 타워였다.

애초 상류층만을 주고객으로 한다는 시공 계획 탓에 비난

여론을 받기도 했지만, 지금은 보란 듯이 최상류층의 사교 장소로 애용되고 있었다.

강서린이 워낙 당당하게 들어가는 탓에 바깥에서 대기하던 벨보이 둘은 저런 손님이 있었나 하는 눈빛으로 서로를 돌아봤다.

수많은 사람이 오가는 일반 호텔과는 달리, 이곳은 벨보이가 얼굴을 기억할 만큼 엄선된 VIP만 오가기 때문이었다.

강서린은 잠시 라운지를 두리번거리다가 곧바로 한쪽 벽에 그려진 그림을 보더니 그쪽에 있는 엘리베이터로 향했다.

마침 1층에 있던 엘리베이터는 버튼을 누르자 곧바로 열렸고, 강서린은 일말의 머뭇거림없이 안으로 들어갔다.

직원 전용이란 표식이 정면 유리 위에 있었고 내부에는 아무도 없었다. 입구 옆의 기판이 좀 고급스럽긴 했으나 그뿐이었다.

강서린은 손을 움직이기보다 잠시 기판만을 응시했다. 이윽고 버튼에 남은 흔적을 모두 읽은 그는 고개를 끄덕이며 중얼거렸다.

"일곱 자리군."

한국에서는 처음 왔지만 틀림이 없었다. 불과 1년 전 그의 손에 완벽히 굴복한 자들이 만든 곳이었다. 물론 그들은 그가 원한다면 이 건물을 통째로 줄 것이다. 하지만 한국에서는 일체 활동하지 않은 그였기에 이곳 인간들을 미리 길들여 두려는 심산도 있었다.

스륵.

일곱 개의 버튼을 누르자 뒤쪽 유리에서 기음이 났다.

기이잉—

놀랍게도 뒤쪽 면이 올라갔다. 이어서 또 다른 엘리베이터가 등장하고 있었다.

강서린은 몸을 돌렸다. 은색 철제문이 그의 눈에 들어왔다.

—누구냐? 승인받지 못한 자가 어떻게 출입 넘버를 알지?

내부의 스피커를 통해서 사람의 말소리가 들려왔다.

강서린은 눈 하나 깜짝하지 않고 말했다.

"열어라, 지부장을 만나러 왔다."

깜짝 놀랐는지 잠시 스피커에서는 아무런 울림도 없었다. 그러다가 뭔가를 확인했는지 어처구니없다는 비웃음과 말소리가 이어졌다.

—클클클, 지부장이라고? 승인받지 못한 외부인이 감히 지

부장을 찾아? 뭘 믿고 그러는지는 몰라도 정체와 용건부터 밝혀라. 규칙을 지키지 않는다면 목숨을 부지하기 힘들 것이다.

이미 감시자는 수 초 전, 초소형 카메라와 첨단 전산망을 이용해 엘리베이터의 난입자가 출입이 허가된 인물인지 확인한 뒤였다.

그 결과 내부는 물론이고 외부 인사를 포괄한 전산 인명록의 그 어디에도 동일한 얼굴은 없었다.

그나마도 지부장을 찾기에 혹시나 해서 재차 확인해 본 것이고 비밀 출입증이나 상부의 허가가 없는, 즉 미리 통보 받은 사람이 아니면 절대 안으로 들어올 수 없었다. 뿐만 아니라 정체가 모호한데도 출입 넘버를 알고 있으니 그냥 보낼 수도 없었다. 그래서 통보와 함께 협박을 곁들인 것이다.

"버릇이 없군."

강서린은 살짝 입매를 틀면서 오른손을 들었다. 어느 정도 보여줄 요량이긴 했지만 굳이 매를 번다면 매를 드는 게 수순이었다.

쉬익—

그의 손끝이 아래위로 두 번 빠르게 움직였다. 그러고는 뻗은 상태 그대로 철제문을 가격했다. 마치 선을 긋듯이 한 이 일련의 동작은 실로 놀라운 결과를 만들어 냈다.

쿵!

엘리베이터의 은색 철제문이 자로 잰 것처럼 반듯하게 잘려 뒤로 넘어갔다. 그런데 이게 끝이 아니었다.

순식간에 안으로 진입한 그의 손이 우측 벽면을 파고든 것이다.

콰직!

"커헉, 어,어떻게?"

스피커가 아닌, 뚫린 벽을 타고 감시자의 기겁하는 소리가 새어 나왔다. 이중 엘리베이터의 벽면은 합금 재질이었다. 총으로 쏴도 흠집만 날 만큼 단단했다.

감시자는 목에서 시작된 압박을 벗어나기 위해 허리에 있는 권총을 꺼내 앞쪽으로 쏘려고 했다. 그러나 그보다 한 박자 빠르게 강서린의 손이 주인에게 돌아갔다.

콰작!

"꺼어억!"

당연히 손에 목을 잡힌 감시자가 맞은편 합금 면에 충돌했다.

상당한 충격을 받았는지 그는 코피와 범벅된 채 거품을 물며 그대로 기절해 버렸다.

쿵—

강서린은 그제야 손아귀 힘을 풀며 남은 손으로 감시자가 있던 합금 벽을 잡아 뜯었다.

콰지직—!

벽면이 마치 종이쪽처럼 찢어지고 균열을 일으켰다. 순식간에 사람 한 명 들어갈 정도의 구멍이 만들어졌다.

강서린은 그 구멍으로 들어갔다.

안쪽에는 네 개의 스크린과 통신 장치로 보이는 기계들이 있었다. 또한 감시자가 앉아 있던 가죽 의자가 기계 앞에 넘어져 있었다.

"여기가 임포메이션 퀀텀의 한국 지부가 맞겠지?"

의자를 툭 쳐서 밀어낸 강서린이 구석의 빈 공간을 보며 말했다. 그러자 이 이중 공간에도 감시의 눈길이 있는지, 어딘가에서 대답하는 소리가 울려왔다.

—보통 놈이 아니군! 하지만 함부로 이곳에 들어온 이상 살아 나가지 못한다!

이런 식으로 말을 하는 놈은 그래도 어느 정도 지위가 있다는 걸 강서린은 수십 번의 경험을 통해 알고 있었다.

"기회를 주겠다, 지부장을 불러오도록."

강서린은 말을 함과 동시에 허리 뒤쪽에서 검날이 없는 검병을 꺼내 손에 쥐었다.

우웅!

뜨겁게 달아오른 아스팔트처럼 공간이 일그러졌다. 그가 잡은 검병을 타고 색깔이 없는 무형의 불길이 솟구치는 것이다.

그런데 이게 끝이 아니었다.

검병을 쥔 서린의 손이 살짝 움직이자 평평하던 한쪽 벽에 강렬한 스파크가 튀면서 마치 번개와도 같은 상흔을 남겼다.

─아, 아니, 이건, 헉!

"계속 내 인내심을 시험하면 여기를 쓸어버리겠다."

또 다른 감시자는 강서린을 알아보았다. 이자가 한국 땅에서는 모습을 드러낸 적이 없기에 미처 파악이 느렸지만, 번개의 문양을 보는 순간 그의 정체를 알 수 있었다.

그가 속한 조직에서는 하나의 불문율이 있었다.

검은 머리칼에 번개 문양을 보면 이유 여하를 막론하고 협조하라는 것이 그 요지였다.

감시자는 거의 쓰는 일이 없는 화상 기능을 켜기 위해 미친 듯이 손가락을 놀렸다.

번쩍─

외부를 비추고 있던 네 개의 스크린으로 후덕한 인상의 중년 남자가 강서린의 앞에 모습을 드러냈다.

남자는 즉시 살집을 출렁이며 구십 도로 허리를 굽혔다.

―자, 잠시만 기다려 주십시오!

그는 생전 처음으로 발에 땀이 나는 경험을 하며 뛰어야 했다.

＊　　　＊　　　＊

이중 엘리베이터 안에는 기판이 없었다. 그러나 감시자가 숨어 있던 공간에는 1층부터 지하 5층까지 조절할 수 있는 레버가 있었다.

물론 강서린은 이 레버에 손을 댈 필요가 없었다.

원격으로 조작한 듯 그가 있던 공간이 기계음과 함께 아래로 내려가기 시작했으니까.

기잉, 철컥.

빠른 속도로 내려가던 엘리베이터가 바닥에 닿는 소음을 내며 고정됐다. 동시에 자동으로 문이 열렸다.

일자형의 커다란 복도.

사방 벽은 무미건조한 회색 빛깔이었다. 천정에는 둥근 갓등이 일정한 간격으로 달려 있었다. 바깥에서 보는 풍경과는 백팔십 도 다른, 마치 고전 영화에나 나올 법한 칙칙한 광경이었다.

'여전히 후진 취향을 가진 것들.'

그는 속으로 그렇게 중얼거리며 걸음을 떼기 시작했다. 그렇게 10여 미터를 걷자 밀폐된 문들이 좌우로 도열해 있는 걸 볼 수 있었다.

강서린은 문들을 한 번 훑고는 다시 서너 발자국 앞으로 나아갔다.

철컥!

정확하게 그의 우측에 있던 문이 저절로 열렸다. 동시에 그가 약간 의외라는 듯 눈빛을 빛내며 문 쪽을 보았다.

"넌? 네가 어떻게 여기 있지? 치클러가 총애하는 딸을 함부로 내돌리진 않을 텐데?"

치클러(Ziegler)는 그가 찾은 조직의 수장을 일컬어 외부에서 부르는 은어로 염소를 돌보는 사람, 염소치기라는 의미를 가진 독일 단어다. 하지만 이곳에 속한 조직원 앞에서, 그것도 그들의 아지트에서 치클러란 은어를 함부로 쓸 수 있는 사람은 거의 없다고 해도 과언이 아니었다. 그러나 다음 순간, 복도의 갓등 빛으로 걸어 나온 인영은 오히려 그를 무척이나 반기는 기색이었다.

"서린님, 반년 만에 뵙네요. 찾으시면 제가 직접 갔을 텐데 아까운 걸음을 하셨어요."

줄리아는 자신의 브론즈 빛 머리카락을 살짝 넘기면서 한국식 인사를 했다. 서구적인 볼륨에 큼지막한 갈색 눈을 가진 그녀는 얼핏 보기에 전형적인 서양 미인 같으면서도 가만히 보고 있으면 묘한 동양적인 이미지를 풍겼다.

그녀는 겉으로는 태연한 척했지만 속으로는 꽤나 긴장하고 있었다. 그도 그럴게, 이 사내가 가장 싫어하는 게 바로 자신을 표적으로 삼고 행동하는 것이었다.

과거 그녀가 속한 조직은 그에 관한 기존 모든 정보를 백지화했고 아도 모자라 유령화 작업에 돌입했었다. 지금에 와서는 이를 유령 협약이라 이름 붙이고 공식화하긴 했으나, 당시만 해도 살기 위한 몸부림의 일종이었다.

그때랑 달라진 게 있다면 여전히 문건화, 전산화시킬 정보는 아니지만 인편으로는 운용되도록 만든 것이었다.

물론 조직 내에서도 기껏해야 두세 명만이 접근할 수 있는 시크릿 오브 시크릿의 기밀이었다. 그러니 조금도 긴장하는 속마음을 보여서는 안 되는 것이다. 눈앞의 사내는 약속을 어기는 걸 매우 싫어했다.

줄리아는 더욱 환한 미소를 지으며 자신의 쪽으로 손을 내밀었다.

"이쪽으로 들어오세요."

그녀가 나온 쪽으로 은은한 백열의 빛이 번져갔다. 그러자 원형의 밋밋한 복도식이 비춰졌고 그 끝에는 두터운 유리 재질로 만들어진 유리문이 있었다.

강서린은 슬쩍 이채 어린 눈길로 그쪽을 보면서 움직였다.

"재대로 머리를 썼군."

"호호, 어느 분 때문이더라? 서린님께 혼쭐이 난 이후로 공을 좀 들였답니다."

기이잉―

전자기 소성과 함께 그가 들어왔던 바깥 쪽 문이 움직이기 시작했다. 마법사의 트리에서 착안한 일종의 보안장치였다.

삑.

어느새 안쪽 유리문으로 다가간 줄리아가 지문 인식 장치에 손을 가져갔고 몇 초의 스캔 시간이 지나자 문이 천정의 틈으로 빠르게 올라갔다.

방안은 상당히 넓었고 동양적인 서재 형식으로 꾸며져 있었다. 한쪽에서는 색색의 향초들이 촛불을 넘실거렸고 그 앞에는 달아오른 술 화로도 있었다.

줄리아는 화로 근처의 가장 푹신한 소파로 강서린을 안내했다.

"한국의 문화는 참 신비한 데가 있는 거 같아요. 여기 앉아 있으면 피로가 싹 가시는 것 같다고나 할까요? 저 외에는 아무도 못 앉는 특별석이지만 오늘만큼은 서린님께 양보할게요."

"알았다."

"호호, 여전하시네요."

그의 무심한 반응에 자존심이 상할 법도 하겠지만 외려 줄리아는 미소를 지을 수 있었다.

'고작 미녀 따위에 휘둘리는 사내였으면 지금 내 앞에 있지도 못하겠지.'

그리고 아직 하나가 남아 있었다.

"다들 나가세요. 이분은 주위가 산만한 걸 불쾌해하시니 아무도 근처에 접근하지 못하게 하세요."

그녀가 명령하듯 말하자 총 여섯 방향으로 벽면이 열리면서 온몸을 검게 감싼 인영들이 튀어나왔다.

줄리아는 그들을 한번 보더니 다시 강서린을 보고 말했다.

"메인 가드도 나가라고 할까요?"

약간 조심스러워진 그녀의 어조에 강서린은 피식 웃으며 대답했다.

"됐다. 치클러가 붙인 가드라면 네 말은 듣지 않겠지."

"휴, 배려 감사드려요. 아버지가 딴 건 몰라도 제 안전에 대해서는 무척 예민하시거든요."

줄리아가 안도의 표정을 지으며 손을 흔들자 모습을 드러낸 여섯 호위들이 잠시 멈칫하다가 바깥으로 나갔다.

기잉.

강화 유리가 다시 닫히고 강서린과 줄리아만이 남았다.

줄리아는 미리 준비했는지 김이 모락모락 나는 커피를 따르며 말했다.

"처음에 물으셨죠? 제가 왜 여기 있냐고… 예전에 한번 말씀드린 적이 있는데 기억하실지 모르겠어요. 제 외가 쪽, 그러니까 모계가 한국이거든요."

줄리아는 잠시 말을 멈추고 강서린을 살폈지만 여전히 무심한 얼굴이었다. 하지만 그래서 더 조심스러웠다.

'우리가 일개인에 불과한 이 사람한테 굴복한 이유가 뭐겠어? 무력도 그렇지만 이 사람한테는 거짓이 통하지 않으니까.'

오래지 않은 과거의 전례를 무시할 만큼 그녀 자신은 멍청한 여자가 아니었다. 내심 한 번 더 조심성을 키운 줄리아는 차분한 눈빛으로 운을 뗐다.

"요즘 들어 일본과 한국 쪽의 골든 클래스에 심상찮은 기류 변화가 있거든요. 유례없이 팽창하는 중국계에 맞서려고 연합 전선을 구축하자는 말까지 나오는 모양이에요. 사실 중국 쪽 세력이 커지는 건 서양의 골든 클래스들 사이에서도 골칫거리였거든요. 그러던 차에 가장 가까이 있는 두 나라가 견제 역할을 해줄 것 같으니까 모든 이목이 이쪽으로 쏠리게 됐죠. 좀 더 자세히 말씀 드릴까요?"

줄리아는 강서린의 눈치를 살피며 조심스럽게 물었다. 그녀가 아는 이 남자는 자신의 적에 대한 것이 아닌 이상에야 쓸데없는 말을 듣지도, 묻지도 않는 성격이었다. 그럼에도 그녀가 굳이 필요없는 말을 꺼낸 건, 한국이 바로 그의 조국인 탓이었다.

그냥 국적만 한국이라면 아무리 그녀 자신이 우긴다고 해도 조직에서 막았을 것이다. 그가 눈치라도 채면 그 뒤탈이 두려우니까. 그런데 현 한국 대통령이 그의 아버지였다. 아무리 차가운 심장의 소유자라해도 핏줄에는 약하게 마련이었다.

그런 연유가 있기에 조직은 결국 그녀가 나서는 걸 막지 않았다. 만약 조금이나마 그의 심중을 듣게 되면 그 가치가 상상을 초월하게 될 테니까.

'만약 이 남자에게 조금이라도 애국심이 있다면 세계의 배틀 구도가 달라질 거야.'

줄리아는 이런 심중을 전혀 티내지 않고 귀를 기울였다.

"됐다, 약한 쪽이 손을 잡는 건 당연한 이치. 그래서 결론은?"

"…으음."

줄리아는 자신도 모르게 작은 신음성을 흘렸다. 무척 어렵게 말을 꺼냈는데 너무도 간단한 반응이었다. 상부에 보고할 정도도 되지 않는 것이다.

'아니야. 이 정도만 해도 어디야? 사람 일이란 게 어찌 될지 모르는데 벌써부터 낙담하지 말자. 아직 시간은 많잖아?'

그녀는 이내 마음을 다잡았다. 그보다 지금 당장은 자신의 변론부터 해야 했다. 사소한 문제 같지만 조직의 머리를 담당하는 그녀가 한국에 있다는 사실 하나만으로도 오해를 살 소지가 컸다.

"돈이 되니까요. 한국이랑 일본이 워낙 원수지간이라 다른 데서 거든다고 되는 일이 아니었거든요. 그렇다고 하나만 부추겨 중국을 견제하기에는 오히려 덩치를 더 키워주는 꼴이 될 수가 있던 거죠. 그런데 두 적대국이 알아서 뭉칠 기미를 보여주니까 다들 알고 싶어 하는 거예요. 판이 어떻게 돌아갈지랄까? 워낙 정보를 요구하는 쪽이 많아서 제가 직접 왔어요. 모계 쪽 영향인지 한국에 한 번 와보고 싶기도 했고요."

줄리아는 솔직하게 말했다. 그러나 거짓말과 말하지 않는 건 별개였다. 거짓은 아니지만 그녀 자신이 온 가장 중요한 이유를 빼먹은 것이다. 대신 앞서 말하다 만 정보를 슬쩍 포함시켰다. 강서린이 다른 생각을 못하도록 말이다.

줄리아의 열띤 설명에 강서린은 모두 이해했다는 듯 고개를 끄덕였다.

"그런가? 알았다."

줄리아는 가벼운 미소를 짓고 커피 잔을 입에 가져갔다. 상대의 눈빛에 떠오르는 서늘한 이채를 보지 못하고.

'아직 어린 티가 나는군. 치클러라면 이런 실수를 하지 않겠지.'

나름 머리를 굴린 모양새지만 치클러의 딸은 자신을 겪어 보지 못한 것이다. 고작 정보를 듣는 입장과 실제로 체감하는 건 비교를 불허한다. 자신의 눈빛까지 숨길 수 있는 초일류 암살자와 첩보원들을 헤아리기 힘들 만큼 상대해 본 그였다. 똑똑한 것과 연륜은 전혀 별개인 것이다. 만약 그녀가 나이가 많거나 멍청했으면 이런 심중을 속으로만 내뱉지 않았을 것이다.

무엇보다 다른 용무가 있었다. 이 점을 상기한 강서린은 처음으로 먼저 말을 꺼냈다.

"그건 그렇고 일성 그룹 김태수란 놈이 나랑 있던 여자들을 데려갔다. 펠컨 킹덤이라 하더군."

줄리아는 강서린의 말을 듣자마자 심각하게 자신의 귀를

의심했다. 그렇게 잠시 동안 정신적 충격에 얼어버린 그녀는 한참이 지나서야 비명을 지르듯 목에 힘을 주면서 되물었다.

"세상에나! 일개 기업인 따위가 서린님의 여자를 건들다니요? 아직도 그런 미친 짓을 하는 작자가 남아 있다니? 제가 지금 재대로 들은 게 맞나요?"

"날 모를 테니까."

"아!"

줄리아는 잠시 그럴 수도 있겠구나 하고 고개를 끄덕였다가 이내 의아한 듯 눈썹을 모았다.

"아무리 그래도 한국 땅에선 서린님 신분이……."

"그것도 몰랐겠지."

줄리아는 자신의 말을 끊는 강서린의 어조에 깜짝 놀라는 눈빛을 했다가 이내 뭔가를 느꼈는지 다급하게 물었다.

"어떻게 처결하실 건가요?"

"죽이지는 않는다. 다만 혼을 좀 낼 생각이다."

"아……!"

잠시 신음 같은 탄성을 흘린 줄리아는 이내 심각해진 낯빛으로 코끝을 들었다.

"최대한 협조할게요."

너무 믿기 어려운 말을 들어서 하마터면 그 뒷말을 간과할 뻔한 그녀였다.

'갑자기 찾아온 이유가 있었어.'

조직에 볼일이 있던 게 아니었다. 이 남자는 이 건물 자체에 볼일이 있던 것이다.

줄리아는 가슴의 심장소리가 귀에 울릴 지경이었다.

'이 남자가 킹덤에 대해서 몰랐다면?'

상상만 해도 끔찍했다. 이 남자를 막기 위해 조직원을 투입한다는 것 자체가 끔찍한 일이었다.

무엇보다 한 가지 사실을 깨달을 수 있었다. 과거 그녀의 아버지가 왜 군이 조직의 특급 기밀인 '킹덤 프로젝트'에 관해서 그의 앞에서 주절댔는지를!

'아! 아버지는 확신했던 거야. 무슨 짓을 해도 이 남자를 막지 못한다는 걸!'

이런 생각까지 들자 줄리아는 정말 진심으로 이 남자를 불쾌하게 만든 자에게 안쓰러운 감정이 들었다. 그리고 한편으로는 아직도 믿기 힘들었다.

일개 그룹이 아니라 한국에 있는 모든 그룹과 조직이 힘을 모은다면 아주 약간이나마 이해가 간다. 대항의 여지라도 생기니까. 아니, 그것도 요즘 들어서는 미치다 못해 자살 행위라는 게 모든 막후 조직들의 중론이었다.

하물며 일개인은 고사하고 일개 기업체가 동원돼 봤자 찍소리도 못하고 밟히는 게 정상인 것이다.

그는 그 정도로 강하다.

그것도 그냥 인간 사이에서 최강자가 아니라 수와 집단이란 개념이 무시될 만큼 절대적인 강함의 소유자!

세계에는 인간 사회를 조절하고 지배하는 막강한 조직체들이 있었다.

힘과 명예를 거머쥔 정계와 재계의 인사들.

유서 깊은 세도가의 가문들.

귀족과 왕족의 모임.

엄청난 자본력을 자랑하는 기업체들 등.

이들은 혈통이나 숭고한 이념, 뜻한 바의 목적에 따라 때로는 시대의 박해에 맞서 조직을 이뤘고 현대에 이르러서는 인간 사회의 막후에서 커다란 영향력을 발휘하고 있었다.

하지만 완전한 비밀 조직이라고 보기에는 어려웠다.

개중에는 언론에 자주 거론되는 조직들도 상당했고, 영화나 소설 등을 통해 음모론의 중심이 되는 조직들도 많았다.

또한 자신들의 국가나 어떤 지역을 반경으로 세를 형성하는 경우가 대부분이었다. 때문에 어느 시점을 기준으로 이런 조직들을 가리켜 골든 클래스라고 불렀으며 그보다 더욱 비밀스런 조직을 쉐도우 클래스라고 구분 지었다.

구성원이 완벽한 어둠 속에서 암약하는 쉐도우 클래스는 현대에 들어 적잖은 수가 활동했지만 그 속을 파고들면 태반이 골든 클래스의 조직들과 관련이 있거나 그 영향력 아래 놓여 있는 경우였다.

사실 그럴 수밖에 없는 것도 어둠 속에 집단을 이루려면 사람과 자본이 필요불가결이었다. 그리고 그 사람과 자본의 대부분이 골든 클래스에 몰려 있었다.

반면에 임포메이션 퀀텀은 진정한 의미에서의 어둠 속 집단인 것이다. 중세의 하층민에게는 도둑과 암살자의 회동, 고위층에게는 정보 상인으로서 불렸던 유구한 역사를 가진 조직체!

이들은 민족과 나라, 이념이나 이상 등을 일체 결부시키지 않는다. 여기다가 긴 세월에 거쳐 어떤 성격의 힘에도 무너지지 않을 만큼 완벽한 실력과 결속을 자랑했다.

오로지 재물이나 정보 등 합당한 대가만이 임포메이션 퀀텀을 움직이는 원동력이자 기치였다.

이런 임포메이션 퀀텀은 문명의 발전에 맞춰 그 규모가 더욱 커져서 이제는 세계 전체를 무대로 활동하고 있었다.

그런 임포메이션 퀀텀은 일종의 편의시설이다. 그 존재를 알고 대가를 지불할 능력만 되면 누구라도 이용할 수 있는 편의시설.

물론 자판기에 음료가 나오지 않는다고 발로 차는 사람이 있듯 드물지만 임포메이션 퀀텀을 자신의 수중에 넣으려 하거나, 통제하려는 조직도 있었다. 그러나 그때마다 임포메이션 퀀텀은 처절한 보복을 감행했다.

이들은 아무리 밟혀도 절대 굴복하지 않고 끝까지 물고 늘어져 기어코 상대를 파멸시켰다. 그러다가 현재에 이르러서는 그 어떤 골든 클래스의 조직이나 인물도 임포메이션 퀀텀을 건드리지 않는다. 괜히 발로 찼다가 자기 발이 먼저 부서질 수도 있으니까.

그런데 그런 어둠의 조직이 역사상 처음으로 백기를 들었다.

이미 세계 최강자 소리를 듣던 상대인지라 조직의 모든 힘을 동원해 철저한 준비를 하고 맞섰지만 소용이 없었다.

방어? 뭘 어떻게 하든 박살 나는 건 이쪽이었다.

공격? 세상에 존재하는 모든 수단을 다 동원했지만 상대의 자비조차 얻어내지 못했다.

아니, 딱 한 번 통한 게 있긴 했다.

바로 인질이다.

그와 부딪친 초반에 같이 살던 여자를 납치했었다.

어디 그뿐인가?

한국에 있는 그의 부모에게도 총구를 겨눴다. 그는 불가사의할 정도로 강했지만 사람이라면 누구나 가질 약점도 있었다.

여자를 납치한 장소에 온갖 함정을 파놓고 기다렸다. 오지 않으면 부모랑 다 죽이겠다고 협박했다.

그런데 어처구니없게도 죽는 건 이쪽이었다.

주요 거점이 차례대로 박살 났고 딱 한 명의 간부만이 살아남아 반 시체가 된 채 같은 말을 반복해서 해댔다.

손가락 하나라도 건드리면 지옥을 볼 것이라고.

그러자 악에 받친 당시의 치클러가 그의 부모 중 한 명을 저격하라 했다.

그런데?

기막히게도 이미 그의 부모는 세계에서 가장 강력한 골드 클래스 조직들에게 보호받고 있었던 것이다.

훗날 따지고 보니 별로 이상한 일은 아니었다.

그들도 이 말도 안 될 만큼 무서운 초인이 적으로 변하는 건 싫었을 테니까.

그나마 남은 인질도 알고 보니 가정부 겸 비서란다.

궁지에 몰인 치클러는 그녀라도 죽이라고 명령했지만, 외려 자신이 배신당해 죽고 말았다. 그렇게 새로운 치클러가 된 임포메이션 퀀텀의 이인자는 그의 앞에 바짝 엎드려 용서를 구걸했다.

원래 적도 어지간한 적이라야 음모도 통하고 그러는 법이다. 그런데 상대는 이미 세계의 영향력을 한 손에 쥐고 다른 한 손에는 절대적인 무력을 휘두르는 존재였다. 그런 상대의 역량조차 파악하지 못한 채 고작 인질 따위로 어떻게 해보려고 했던 선대 치클러의 잘못된 결정이 조직 전체의 비참한 굴종으로 이어진 셈이었다.

물론 비온 뒤에 땅이 굳는다는 말처럼 임포메이션 퀀텀은 근래 많은 발전을 이루었다. 조직이 누세기를 쌓아온 재물을 풀어 시행한 킹덤 프로젝트 역시 그중 하나였다.

겉은 사교의 장으로서 각국 상류층으로부터 온갖 정보를 긁어내지만, 내부적으로는 그 어떤 공격에도 방어할 수 있는 첨단 지부의 설립. 그러나 따지고 보면 주요 지부들이 죄다 박살 나서 어차피 새로 지어야 했으니…….

지금에야 아까울 게 덜했다며 합리화를 하곤 해도 새로 짓는 지부만큼이나 이자에 대한 공포는 임포메이션 퀀텀 전체에 뿌리 박혀 있었다.

줄리아는 긴 듯했으나 짧은 상념을 접고 자신이 할 수 있는 가장 최선의 조치를 생각해냈다. 어차피 협조의 방법까지 제시하는 사람이 아니었다. 다만 주제넘게 나선다는 느낌을 줄 수도 있으니 잠시 기다렸다가 말을 하는 것이다.

"엠페러 등급의 카드를 드릴게요. 이 카드만 있으면 전 세계 모든 킹덤 타워를 마음대로 사용하실 수가 있어요. 저희 조직에서도 아버지랑 저만 가지고 있으니까요."

"번거롭군."

강서린은 묵묵히 듣다가 슬쩍 인상을 썼다. 줄리아는 이런 그의 반응을 예상했는지 쉬지 않고 다음 말을 이었다.

"이 카드만 있으면 킹덤 타워를 통째로 파실 수도 있어요. 돈도 거의 무제한으로 뽑아 쓰실 수 있고요. 그러니 오늘 뭘 하시든 그 뒤처리 역시 걱정하지 않으셔도 되요."

"그런가? 음."

강서린은 고개를 끄덕이며 자리에서 일어났다. 귀찮은 것과 상쇄될 만큼 쓸모가 있다면 굳이 쓰지 않을 이유가 없었다.

따라 일어난 줄리아는 한결 가벼워진 신색으로 문을 열었다.

"제가 배웅할게요."

"됐다, 네 일을 보도록."

뒤도 돌아보지 않고 강서린은 지부장실을 나갔다. 미리 준비를 해놨는지 바깥의 엘리베이터는 이미 문을 열어둔 채 대기하고 있었다. 내려올 때도 오래 걸리지 않았으나 나가는 건 정말 순식간이었다.

줄리아는 강서린이 지부장실을 나가자마자 곧바로 원목 책상에 놓인 수화기를 집고 빠르게 말했다.

"아까 올려 보낸 카드의 주인이 지금 라운지로 갔어요. 당신이 직접 기다리다가 최대한 공손히 전달하세요."

잠시 후, 수화기를 내린 그녀의 얼굴에 매력적인 눈웃음이 지어졌다.

"사람 일은 모르는 거라니까? 아무튼 이제 유럽이랑 미국 쪽 지부에서 썩고 있는 실력있는 애들을 다른 데로 활용할 수 있겠는걸."

좀 전에야 절대 밝힐 수 없었으나 실상 엠페러 등급의 카드 같은 걸 몇 분 만에 뚝딱 만들 수는 없는 노릇이었다. 그러니까 이런 날을 대비해서 미리 만들어둔 셈이었다. 다만 그걸 전해주는 게 문제였는데 이런 식으로 풀리니 절대 적은 공이 아니었다.

잠시 미소를 짓던 그녀는 다른 생각이 났는지 머리를 살짝 흔들며 중얼거렸다.

"아니지. 소드 마스터의 얼굴을 아는 애들이 여기로 와야해. 오늘 내가 있었으니 다행이지, 없었어봐?"

소드 마스터(Sword Master)!

세계의 모든 조직이 인정한 이 시대 최강자의 수식어였다.

CHAPTER **06**
시작되는 인연

Seorin's
Sword

평소 우아한 품행을 강조하던 킹덤 타워의 사장 구자숙은 라운지의 호텔리어들도 곁눈질할 만큼 안절부절 못하는 기색이었다. 사장인 그가 고작해야 청소부들이나 쓰는 직원 엘리베이터 앞에서 마치 벌이라도 서는 것처럼 뻘뻘 땀을 흘리며 서 있는 것이다. 누가 봐도 이상한 모양새였다.

사장 구자숙은 이런 직원들의 시선은 고사하고 자신의 자랑인 콧수염마저 망가뜨릴 만큼 연신 손수건을 들어 땀을 훔치기에 바빴다.

'으으, 퀀텀 마스터만 사용한다는 엠페러급 카드의 새로운 주인이라니?

속으로 연신 이런 되물음을 하던 그는 불과 십여 분 전, 조직에서 내려온 특급 명령마저 떠오르자 땀이 흐르다 못해 오금이 저려오는 기분이었다.

'으으으! 최대한 조심해서 명령을 완수해야 해!'

퀀텀 마스터의 수장을 상징하는 엠페러급 카드의 주인이란다. 이미 여기서 땀이 날 정도로 긴장한 그였다. 그러다 명령에 덧붙여진 내용을 보고 숨이 멎을 만큼 놀랐다. 만약 조금이라도 상대의 비위를 거스르면 지부장이 직접 나서서 최고 수준의 형벌에 처한다는 강조사.

기겁을 한 그는 즉시 죽는 시늉마저 한다고 답신을 보냈다.

그랬더니? 짧지만 살 떨리는 명령이 추가됐다.

―죽으라면 그냥 죽어!

마치 장난 같은 내용이지만 조직의 명령 체계에 장난은 있을 수 없었다. 한 술 더 떠 수장의 인장이 찍힌 최고 등급의 명령이었다. 그는 대외적으로야 잘나가는 호텔의 사장이지만 조직 내에서는 2급 조직원에 불과했다.

만약 엠페러 카드의 주인 앞에서 작은 실수라도 하는 날에는 단순히 죽는 게 문제가 아니었다. 조직의 형벌은 죽음도

우습게 넘길 만큼 잔인했다.

그렇게 긴장과 땀범벅으로 대기하던 구자숙은 엘리베이터 문 안쪽에서 기계음이 들리자마자 거의 반사적으로 허리를 숙였다. 이어서 사람의 그림자가 보이자마자 혼신의 노력을 다해서 인사했다.

"안녕하십니까! 귀빈께서 나오시길 기다렸습니다! 킹덤 타워의 대표 이사직을 맡고 있는 구자숙입니다!"

막 엘리베이터를 걸어 나온 강서린은 주변을 스윽 훑어보았다. 숨어서 지켜보는 자들은 없었다. 지부장이 꽤나 주의를 기울인 모양새다.

강서린은 천천히 고개를 끄덕이고는 무심히 입을 열었다.

"일행이 있다, 기다리도록."

"알겠습니다. 그러시면 잠시… 헉?"

구자숙은 대답과 함께 머리를 들다가 귀빈의 너무 젊은 외모에 당황했다. 하지만 이내 자신의 실수를 깨닫고 얼굴 안색이 푸르죽죽하게 돌변했다. 수장하고 동급인 귀빈을 빤히 뜯어보다니.

강서린은 그런 구자숙을 개의치 않고 소매를 들며 말했다.

"철우를 들여보내라."

소매의 커프스에 장착된 초소형 교신기를 통해 그의 말이 외부에서 대기 중이던 박건욱에게 전해졌다.

구자숙은 죽다 살아난 심정으로 마른침을 삼켰다. 타이밍 좋게 귀빈이 움직이면서 실수가 가려진 것이다.

바짝 정신이 든 그는 최대한 공손히 강서린을 안내했다.

"귀빈, 이쪽으로 오십시오."

"그러지."

고개를 끄덕인 강서린은 그의 뒤를 따라 라운지 한쪽에 만들어진 쉼터로 갔다. 이윽고 그가 소파에 앉자 구자숙은 감히 마주 앉지도 못한다는 듯 일어선 채 머리를 조아렸다.

"송구합니다. 사장실로 모셔야 하는데 일행이 있다고 해서서 누추한 자리로 모셨습니다."

"됐다. 그건 그렇고 줄 게 있을 텐데?"

귀빈의 직설적인 요구에 구자숙은 황망히 땀에 젖은 손바닥을 바지자락에 문댔다. 그러고는 미리 준비해 둔 카드 케이스를 꺼내 공손히 내밀었다.

"여기 있습니다."

"흠?"

다이아로 물결 모양을 이룬 케이스는 그 자체만 놓고 봐도 고급이었다. 하지만 그보다 강서린의 눈길을 잡아 끈 건 백금으로 만들어진 카드 하단의 정밀한 칩이었다. 얼핏 보기에는 평범한 센서 칩 같았으나 실상은 매우 정밀하게 만들어진 일종의 회로 형태였다.

주의를 기울이면 100미터 밖의 모래알도 셀 수 있는 그였다. 손에 쥔 카드의 특이점을 파악하지 못할 리가 없었다.

귀빈이 카드를 살피자 구자숙은 서둘러 말라가는 침샘을 자극했다. 그가 받은 명령은 카드에 대한 모든 설명이었다. 말하자면 쓰임새나 사용법뿐만이 아니고 그 안에 숨은 기밀조차 포함된다는 의미였다. 해석하기에 따라 다르게 받아들이기에는 명령의 등급이 너무 높았다.

"귀빈, 카드에는 고가의 나로 칩이 장착되어 있어 번거롭게 꺼내서 보여주지 않으셔도 됩니다. 각 출입문의 센서가 자동으로 등급을 확인해 입장을 허가하고 인근 직원에게 자동 통보합니다. 또 이 칩은 카드 분실 시에도 요긴하게 사용됩니다. 카드의 소유주께서 허락하신다면 저희 직원들이 직접 위치 추적을 통해 카드를 찾아드립니다."

먼저 한 설명이 일반에도 공개된 것이라면 뒤에 한 설명은 조직의 극비였다. 살짝 돌려서 표현하긴 했으나 언제든 그 소유주의 위치 추적도 가능하다는 의미였다.

마침 그로써는 천만다행히도 강서린이 칩을 눈여겨보고 있던 중이었다. 만약 별 관심을 두지 않고 넘어갔다가 나중에 이런 사실을 알게 됐다면 한 번 되묻는 정도로 끝나지 않았을 것이다.

"위치 추적?"

무섭게 느껴질 만큼 나직한 어조에 구자숙은 말까지 더듬
거리며 부언을 달았다.

"여, 염려하지 않으셔도 됩니다. 엠페러 카드의 소유자 몰
래 감히 그런 짓을 할 수 있는 조직원은 없습니다. 애초에 저
희 퀀텀 조직 수장님을 상징하는 카드로 설정된 것이라……."

외부에서 조직의 정체를 밝히는 건 이유 불문하고 가장 먼
저 처벌받을 중죄였다. 그러나 이런 비밀엄수의 규율조차 무
시할 만큼 구자숙은 다급했다.

자칫 귀빈이 화라도 내는 날에는?

상상만 해도 두려운지 말끝을 흐리던 그의 머리가 땅에 닿
을 듯 아래로 내려갔다.

"믿어주십시오!"

보일 듯 말 듯 좁아졌던 강서린의 눈매가 본래대로 돌아갔
다. 중년 사장의 간절한 태도에 넘어간 게 아니라 지극히 그
다운 판단을 내린 것이다.

어차피 마음먹고 은밀히 움직이면 몰라도 임포메이션 퀀
텀이라면 굳이 카드를 악용하지 않아도 그의 위치 정도는 추
적할 능력이 있었다. 그래도 악용한다면?

'약발이 떨어진 걸로 알면 되겠지.'

강서린은 일단 간단한 경고 정도만 하고 넘어가기로 했다.

"계집에게 전해라, 다음에도 부하의 입을 빌리면 재미없을

거라고."

"감사합니다! 반드시 전하겠습니다!"

구자숙은 거의 본능에 가까운 반응으로 재차 머리를 조아렸다. 그러면서 후들거리는 다리에 억지로 힘을 줬다.

'으, 살았다!'

그는 이번에 바뀐 한국 지부장이 수장의 딸이란 사실을 알고 있는 몇 안 되는 외부 조직원이었다. 그래서 재빨리 말귀를 알아먹은 반면에 더욱 긴장할 수밖에 없었다. 한편으로는 이런 긴장이 의아한 감정으로 바뀌기도 했다. 초국가적인 쉐도우 클래스 조직인 임포메이션 퀀텀 수장의 딸을 한낱 계집이라 폄하하는 귀빈이라니?

이런 궁금증이 치솟았지만 이를 입 밖으로 내밀 만큼 그는 대범한 사람이 아니었다. 그렇다고 접대 상대에게 놀라 말문마저 닫을 만큼 소심한 편도 아니었다.

줄리아는 임포메이션 퀀텀의 두뇌답게 꽤나 적절한 인물을 내세운 셈이었다.

"귀빈, 일행께서 오실 동안 저희 킹덤 타워에 대한 짧게 설명을 드려도 되겠습니까?"

흘깃 입구를 본 강서린이 귀찮다는 눈빛으로 허락했다.

"그리도록."

구자숙은 그가 할 수 있는 가장 공손한 어조로 설명을 시작했다.

"감사합니다. 저희 킹덤 타워는……."

킹덤 타워.

표면상으로는 약 십여 년 전부터 건립이 추진된 호텔개념의 체인 브랜드로 정식 영업전까지는 여타의 호텔 체인 브랜드와 별 다른 차이점을 두지 않았다고 한다. 그러나 영업이 시작되는 날부터 놀라운 속도로 고급화를 이루더니 불과 1년여 만에 해당 국가의 상위 1%가 출입하는 사교클럽으로 자리매김했다.

여기서 구자숙은 킹덤 타워 성공의 핵심을 이제는 구시대적 방식으로 치부되던 카드 출입 방침으로 꼽았다.

킹덤 타워는 손님의 집안이나 재력, 인맥이나 명성에 따라 아홉 단계로 나뉘는 출입카드를 만들었고 카드의 등급에 걸맞는 대우를 안겨줬다.

특히 타워의 층별로 카드 등급별 입장 제한을 둔 건 호텔 체인 역사상 전례가 없던 행위라고 했다. 하지만 등급별 출입 제한은 누가 들어도 위화감을 조성하는 방식이라 자칫 심각한 비난을 초래할 수도 있었다.

구자숙도 이 점을 의식하고 말하는지 강서린의 눈치를 보다 조심스럽게 당위성을 부여했다.

"저희 조직의 머리이신 그분께서는 다소 무리가 있을지언정 상류 계층의 정보를 손쉽게 취득할 수 있다는 전제로……."

구자숙의 설명이 이어질수록 강서린은 치글러의 딸, 줄리아의 평가를 조금 달리할 수밖에 없었다.

'머리가 좋은 줄은 알았지만 상재도 탁월한 여자였군.'

이 정도면 그 자신과 싸운 임포메이션 퀸텀에게 외려 전화위복을 안겨준 셈이었다.

아마 줄리아가 이런 강서린의 평가를 들었다면 지금보다는 조금 더 여성스럽게 그를 대했을지 모르겠다.

모두가 두려워하는 소드 마스터의 일면 중 하나에는 여자에 무용(無用)하다는 사실도 포함되어 있으니까. 그러나 그의 다음 내심을 들었다면 이런 평가를 좋게만 받아들일 수도 없었을 것이다.

'계산은 확실히 해야겠지.'

주고받음에 그만큼 단호한 성정도 드물었다. 이전까지는 감히 자신을 도마 위에 올려놓고 정보 장사를 하려던 조직을 손봐준 정도로 대했었다.

구자숙은 나름대로 열을 다한 자신의 설명이 어떤 여파로 작용할지 상상도 못한 채 열심히 입을 놀리느라 여념이 없었다.

"상위 카드 소지자가 요청을 하면 두 단계 아래 등급의 카드 소지자까지는 한 달에 다섯 번에 한해서 상층의 서비스를 받을 수 있습니다. 아! 물론 손님께는 이런 제한이 없습니다. 원하시면 인원과 등급에 상관없이 아무나 데리고 어디든 입장 가능하십니다. 헤헤."

"그런가?"

"아! 손님께는 해당이 안 됩니다만, 저희 킹덤 타워는 연령대가 나뉘어 있습니다. 보통 결혼이나 서른 중반을 기준으로 젊은 분들은 펠컨 킹덤에서 사교 모임을 가지시고 그 윗분들은 델칸 킹덤을 이용하십니다."

"알고 있다."

"그, 그러셨군요."

자신의 간단한 수긍에 당황하는 구자숙을 보고 강서린의 뇌리에 설핏 몇 사람의 잔영이 스쳐갔다.

'치글러의 딸만 아니라면 녀석들과 잘 어울렸겠어.'

그는 약 두 달 전 자신을 위해 준비했던 G6 멤버들의 송별회를 떠올렸다.

본래 영국 왕립 아카데미 소속 학생 신분이던 그는 힘을 생기자 굳이 이런 신분에 얽매지 않았었다.

일개 국가에서도 어쩌지 못하는 절대권자가 되었는데 학생 신분 따위가 가당키나 하겠는가? 학교에 나가기는커녕 학업이란 개념에 관심조차 없던 그였다. 하지만 사람인 이상에야 대인 관계에 아주 무심할 순 없는 노릇이고 부친의 낯도 있기에 신분 자체는 그대로 유지하며 지냈었다.

그는 자신의 힘을 실감한 뒤로 학교보다는 세계의 전장을 찾아다녔다. 정체를 숨긴 그는 때론 용병으로, 어떨 때는 자신의 기분이 내키는 대로 중등을 포함한 각국 분쟁 지역을 휩쓸고 다녔었다.

다만 앞서 그는 아카데미에서 설치던 영국 토박이들과 배경만 믿고 날뛰는 철부지들에게 쓴맛을 보여줬는데 그 시점을 계기로 G6이라 불리는 여섯 학생의 경외를 받게 됐다.

G6은 영국 왕립 아카데미 내에서도 본토 출신조차 깔아뭉 갤 만큼 힘있는 여섯 유학파의 모임이었다.

각기 미국과 프랑스, 중국과 러시아, 일본과 아랍 출신인 그들은 강서린을 추종했다. 돈과 권력을 등에 업고 설치는 유럽 출신들을 단숨에 깔아 뭉기는 그 박력에 취했고 미스터리 할 만큼 강대한 그의 힘에 반했다.

강서린은 전투가 없을 때면 중간중간 영국의 거주지로 돌아와 휴식을 취했는데, 그럴 때마다 G6은 그의 곁에 모여들었다.

그들은 각자가 한 가문과 세력의 후계자로 불리는 인재였고 그 배경만큼 여러 부분에서 탁월한 재능을 자랑했다.

강서린도 이 점을 인정했기에 그들의 친분을 받아들인 것이고 그렇기에 치글러의 딸 줄리아와 매치시킨 것이다.

유럽을 떠나기 직전, G6은 펠컨 킹덤에서 송별회를 준비했고 그 일이 계기가 되어 딱 펠컨 킹덤의 용도 정도만 기억하는 강서린이었다.

아니, 하나가 더 있긴 했다. 킹덤 타워가 임포메이션 퀀텀의 지부라는 사실.

그에게 구걸하다시피 용서를 빌었던 현 치글러가 두 번째 보았을 때 다시 몇 대 얻어맞는 걸 감수하고 지껄인 내용이 바로 그것이었다.

그런데 자신이 속한 조직의 수장이 가벼운 구타를 당하면서 간신히 이름 정도만 주입한 정보를 하위 조직원인 구자숙이 낱낱이 풀어 강서린에게 설명하고 있으니…….

강서린은 귀찮은 게 싫을 뿐, 머리는 상당히 좋은 편이었다.

사실 무력만 강하고 머리 회전이 느렸다면 이토록 단시일 안에 세계 최강자가 되지도 못했을 것이다.

듣고 있던 강서린은 내심 재차 감탄사를 흘렸다.

'누가 정보 상인 아니랄까봐 돈 버는 건 정말 타고났군.'

"귀빈, 델칸 킹덤 카드 소지자의 마일리지나 출입 권한에 따라 그 핏줄들이 받는 카드가 델칸 킹덤 카드라고 보시면 됩니다."

구자숙의 말이 빨라졌다.

동시에 강서린의 두뇌는 팽팽 소리가 날 만큼 빠르게 주인의 성정에 맞춰 정보를 습득하기 시작했다.

요약하면 이랬다.

서자, 차남, 차녀 등은 한 단계 낮은 카드가 부여된다. 1층의 경우 기본적으로 모두 입장 가능. 다만 등급에 따라 서비스의 질이 다르다.

주류를 무제한으로 시킬 수 있다.

카드 등급에 따라 고급술을 주문할 수 있다.

상위 카드 소지자는 돈으로 살 수 없는 주류를 맛볼 수 있다.

20세 이상일 경우, 요청에 따라 여자와 남자를 살 수 있다.

이상은 델칸 킹덤과 비슷한 서비스였다.

차이가 있다면 도박은 제한된다는 점.

2층도 비슷한 내용이지만 입장 가능한 등급은 7등급. 즉, 세븐 클래스로 불리는 최고 수준의 집안들만이 가능하다.

3층은 연회 홀로 카드 소지자라면 모두가 연회 주최를 할 수 있지만, 상위 카드 소지자일수록 우선권을 갖는다.

뿐만 아니라 카드 등급이 낮을수록 수십 배 이상 큰 대관비를 내야 했다. 한마디로 어설픈 집안은 감히 3층에서 연회를 열지 말란 소리였다.

4층은 단 세 개의 룸과 격투장으로 되어 있었다. 특이한 룰이지만 세븐 클래스에 한해서 델칸 킹덤 출입자들끼리 분쟁이 날 경우, 대전 격투를 주선할 수 있었다.

재미있는 건 관전자들이 카드의 등급을 좌우하는 등락 점수를 걸 수가 있는데, 이 도박에 따라 상대가 가진 카드의 점수를 뺏으면 1년에 한하여 카드를 승격시킬 수 있었다.

또한 세븐 클래스는 주선의 대가로 전체 카드 점수의 1할을 뺏을 수 있었다.

대전 격투 장을 한눈에 보는 초호화 룸은 8단계 등급 카드 소지자만이 사용할 수가 있는데, 8등급이 되면 그동안 쌓은 점수를 현금으로 환급할 수 있는 특권을 부여받는다.

1점만 환급해도 백만 원을 받을 수 있으니, 부모의 눈치를 보면서 돈을 써야 할 젊은 층들로서는 결코 무시 못할 특권이었다. 그러나 현재에는 8등급 소지자가 없었다. 두 달 전까지만 해도 세 명이 있었지만, 공교롭게 이 세 명 중 두 명은 같은 달에 결혼해서 델칸 킹덤으로 올라갔고 한 명은 외국에 나가 있었다.

"귀빈, 그 때문에 세븐 클래스의 소지자들 중에 그 자리를 차지하려는 견제가 끊이질 않고 있습니다. 물론 이 역시도 귀빈은 제외입니다. 원하시면 당장에라도 대전 격투를 주선하실 수 있습니다."

구자숙은 말을 하다 말고 자신의 머리를 치는 시늉을 했다.

"헉, 아니지, 제가 그만 말실수를 했습니다. 용서하십시오. 저희 조직의 의뢰자 자격을 주는 9등급 카드보다 더욱 높은 10등급 엠페러 카드의 주인이신데… 그냥 하고 싶은 건 다 하셔도 됩니다. 헤헤."

강서린이 묵묵히 들어줘서인지 사실 구자숙은 나름의 기교를 다해 그가 받는 해택을 강조하고 있었다.

실상 말은 쉬워도 유구한 역사와 세력을 가진 비밀조직, 임포메이션 퀀텀의 역량이 결집되지 않았다면 킹덤 타워 같은 기형적인 사교 호텔은 존재하지 못했을 것이다. 그런 로열 계층 위주의 킹덤 타워조차 규칙을 적용할 수 없는 건 소드 마스터의 이름값이 워낙 높기 때문이었고…….

같은 시각, 일단의 미녀들이 입구로부터 모습을 드러내고 있었다. 마치 조명을 받고 입장하는 듯 라운지 전체가 단숨에 밝아지는 착각이 일 정도였다.

* * *

"오셨습니까?"

안내 데스크의 호텔리어 한 명이 정중하게 그녀들을 맞았다.

이들은 대한민국 상류계층의 젊은 여성을 통틀어도 비교 대상이 없다고 알려진 백아영 패밀리였다.

이름이 별칭으로 붙은 건 그룹의 리더인 백아영이 워낙 돈 보이기 때문이었다.

그녀의 가문인 백씨 일가는 비교적 짧은 역사를 가진 여타의 재벌가와 달리, 칠십 년 전통의 백석 그룹을 3대째 온전하게 대물림한 가문이었다.

오랜 세월에 거쳐 도산 위험이 적은 식품, 주류 등 알짜배기 사업만을 석권한 백석 그룹은 당대에 이르러 재계 서열 5위 밖으로 떨어진 적이 없을 만큼 엄청난 위세를 자랑했다.

그런 백석 그룹의 차기 총수로 낙점 된 후계자가 바로 불과 이십대의 젊은 여성인 백아영이었다. 그러나 이런 배경을 제외해도 그녀는 어느 모로 보나 대단히 뛰어난 재녀였다.

서울대학교 경영학과를 수석으로 입학할 만큼 명석한 두뇌.

불과 스무 살 이전에 경영 수업의 일환으로 손댄 몇 개의 프로젝트가 재계에서도 놀랄 만큼 대박을 친 전적 등 머리만큼이나 수완도 좋았다. 또한 한국 제일 미녀라는 타이틀이 생길 만큼 외적으로도 완벽한 여자가 백아영이었다.

단순히 얼굴만 예뻐서가 아니었다. 그녀는 옷을 입는 스타일부터가 흔한 재벌가 아가씨들과는 전혀 달랐다.

그건 지금만 봐도 그랬다.

수수한 명품 의상과 차분한 발걸음, 그러면서도 고급스러운 보석 장식이 어우러져 고상하면서도 단아한 미를 선사했다. 뿐만 아니라 긴 생머리가 잘 어울리는 젊은 여성임에도 티 하나 없이 창백한 피부와 이지적인 눈빛은 누구도 함부로 대하기 힘든 묘한 품위를 갖고 있었다.

오죽하면 흠 잡기 좋아하는 대한민국 언론사들조차 그녀에 관해서라면 절세가인이란 찬사를 아끼지 않을 정도였다.

이렇듯 누가 봐도 완벽한 인생을 살고 있는 그녀지만 실상 백아영 본인에게는 누구에게도 쉬이 말 못할 아픔이 있었다.

그녀는 이름도 알려지지 않은 선천성 희귀 질환을 앓고 있었다. 빛나는 인생을 살던 그녀에게 끔찍한 시련이 닥쳐온 건 지금으로부터 불과 2년 전.

세계의 명의라고 불리는 의사들이 그녀를 살폈지만 결과는 참담했다. 미래형 첨단 수술이나 임상 실험 중인 약들을 동원한다 해도 일말의 가망조차 없다는 결론이 내려졌다.

그녀의 가문 입장에서는 한마디로 청천벽력.

머지않은 훗날, 가문의 위상을 드높일 거라 믿어 의심치 않던 후계자가 돌연 시한부 인생을 선고받은 것이다.

그녀의 조부이자 현 백석 그룹의 회장인 백만석은 사랑하는 손녀를 지키기 위해 가문과 그룹의 모든 힘을 동원했다.

그러나 세계의 그 어떤 의학에도 이 불치의 병에 대한 증상은 거론조차 없었다. 아니, 온갖 수단을 동원한 끝에 찾아낸 얼토당토않은 이야기가 있긴 했다.

백아영을 치료할 희망을 찾고자 비밀리에 세계로 파견 나간 인력 가운데 감기에 걸려 중국 약방을 찾은 직원이 있었다.

지독한 코감기를 앓았던 그는 신기하게도 펄펄 끓는 한 약탕의 냄새를 맡자 코가 뚫리며 감기 증상이 가라앉았다고 했다.

약탕의 주인은 약방 거리에는 넘쳐나는 남루한 차림새의 떠돌이 노인이었다. 호기심 반, 장난 반으로 약재를 산 그는 노인에게 백아영의 증세를 비춰서 물었고 잠시 고민하던 노인은 마치 전설 같은 내용을 그에게 알려주었다.

고래로 대맥에 탁기가 흘러 죽는 체질이 있으니 절맥이란 체질로 부른다고 했다. 남자면 양절맥이라 하고 여자면 음절맥이라 달리 나눈다는 전설에나 나옴직한 내용…….

대맥의 흐름이 범인보다 몇 배는 넓고 원활해서 감각, 신경, 두뇌 등의 효율이 높아지지만 후천적으로 쌓이는 탁기의 양도 늘어나 결국 20세를 넘기지 못하고 요절하게 된다는 게 이 체질이 가진 내용의 요지였다.

본래 같으면 허무맹랑한 이야기라며 무시될 보고였으나

그룹의 차기이자 회장 직계에 관한 것이었다.

때문에 반신반의하면서도 담당 비서들은 이 이야기와 백아영의 상세를 비교 분석했다. 그리고 그들조차 놀랄 만큼 많은 유사점을 찾아냈다.

당시 백아영이 받고 있던 양학 치료는 상세를 약간 늦추는 대신 그 부작용은 이루 말할 수 없이 심각했다. 게다가 이야기상의 20세도 코앞에 닥쳐온 시점이었다.

지푸라기라도 잡고 싶은 심정의 회장 일가는 직원이 만났다는 정체불명의 노인을 추적했다.

모래사장에서 바늘 찾는 일보다 지난한 추적이었으나, 그룹의 숨은 힘까지 동원한 끝에 기어코 노인을 찾아냈다.

노인은 자신의 정체를 밝히지 않았다. 회장 일가도 노인의 정체보다 그의 의술을 필요로 했다. 그렇게 오래지 않은 시간이 지나갔다.

볼품없는 늙은 노인에 불과했지만 노인의 침술과 약재는 실로 놀라운 결과를 가져왔다. 세계의 명의들도 포기한 백아영을 살려낸 것이다.

백석 그룹에서 온힘을 다해 막았으나 반년 가까이 외부 활동이 없던 후계자를 놓고 암암리에 온갖 소문이 양산되고 있던 와중이었다.

자리를 털고 일어난 백아영은 오늘 21세 생일을 맞이해 은밀히 퍼지던 소문들을 단숨에 일축할 심산이었다.

자격만 되면 누구나 참석할 수 있는 펠컨 킹덤을 생일 파티 장소로 잡은 것도 그녀 자신의 건재함을 알리기 위한 일환이었다.

강서린은 문득 고개를 틀었다. 킹덤 타워의 정면으로 직원의 극진한 안내를 받는 부류가 보였다. 모두 여자였다.

그중 가장 앞장 선 미모의 여자로부터 낯익은 파동이 느껴졌다.

혹자는 파동을 감지하는 그의 능력을 일컬어 기감이라고도 했고, 혹은 지각력의 일종으로 평가하기도 했다. 어쨌든 그는 생명체가 가진 고유의 파동을 느꼈고, 특정 부류의 경우는 기억에 남을 만큼 파동의 느낌이 달랐다.

그의 고개를 돌리게 한 여자도 그런 느낌이었다. 일찍이 접해본 적이 있던 파동.

'그 늙은이의 것과 흡사하군.'

자신의 힘을 시험하기 위해 동서양을 누비던 머지않은 과거, 손에 꼽힐 정도의 강자가 몇 있었는데, 이 파동의 주인이 바로 그런 강자 중 한 명이었다.

그의 기준에서 강자란 온갖 무력으로부터 홀로 독보할 수 있는 존재를 의미함이었다.

지구의 인구는 수십억 명.

지구촌을 외치는 시대에 살고 있지만 그 유구한 역사와 넓이는 인간의 잣대로 재기 힘든 것.

따라서 그의 기준에 들어갔던 강자라면 일부러 찾지 않는 이상에야 우연히도 마주치기 힘들 터.

예기치 못한 장소에서 예상치 못한 파동을 접했다.

잠시 흥미가 동했으나 그뿐이었다. 약간의 흥미와 관심을 두는 것은 별개였다. 적어도 그의 관점에서는 그랬다.

반면에 백아영은 다른 의미에서 걸음을 멈추었다.

'저 사람은 분명?'

주위 친구들은 모르지만 그녀는 재작년에 우연히 킹덤 타워의 사장을 본 적이 있었다. 달팽이 수염이 워낙 인상적이라 멀리서 본다고 헷갈릴 얼굴이 아니었다.

"언니, 왜 그래요?"

곁에 있던 뾰족 구두의 아름다운 여자가 백아영을 보며 의아한 얼굴로 물었다.

그러자 백아영은 잠시 생각하는 눈빛을 하다가 조용히 소매를 들었다.

킹덤 타워의 사장 정도 되면 여간한 재계의 명숙과도 견줄수 있는 위치였다. 또 서비스업의 특성상 어지간한 행사가 아니면 직접 참석하는 일이 드물었다. 매 행사마다 참석하려면 몸이 세 개라도 부족할 테니까 말이다.

하물며 아직 일선에 나서지 않는 젊은 층의 공간인 펠칸 킹덤에는 얼굴 한번 비춘 적이 없는 위인이었다. 비록 할아버지 곁에서 가볍게 인사를 나눈 적이 있던 그녀지만 그룹 후계자로서 이런 우연을 그냥 흘려보내는 건 바보 같은 짓이었다.

"여기서 기다리렴."

백아영이 다른 쪽으로 걸음을 떼자 뾰족 구두 여자, 강미희는 고개를 갸웃하며 입을 열려다가 작게 인상을 쓰며 그만뒀다. 둘만 있을 때면 몰라도 지금 이 자리에는 백아영을 신주단지 모시듯 하는 여자도 함께 있기 때문이었다.

'칫, 아영 언니만 아니면 내가 눈치 볼 필요도 없는 여자인데. 아휴, 정말!'

외부에서는 흔히 백아영 패밀리라 부르지만 실상 가장 뒤에선 여자 두 명은 계열사 간부 집안의 자제로 위장한 경호원이다.

백씨 가문은 한반도의 오래된 명숙답게 일반에게 위화감을 주지 않는 이런 방식의 경호를 고수하고 있었다.

남들은 모르지만 십 년 이래, 대한민국 신흥 재벌가 중 다섯 손가락 안에 든다는 유한 금융의 지주 가문 혈손인 강미희는 이런 정보를 미리부터 알고 있었다.

대한민국을 떨어 울리는 명가는 많았지만, 그중에서도 전통의 제계 30대 그룹과 거기서 분화한 신흥 재벌가들이 금전적인 면에서는 가장 막강한 위세로 들 수가 있었다.

물론 유한 금융도 백석 그룹의 지원을 받아 큰 신흥 재벌가였고 때문에 혈맹을 자처하고 있었다.

집안끼리의 친분도 있고 이걸 빌미로 언니 동생 하는 사이니 누구보다 백아영에게 편하게 말할 수 있는 신분이 강미희였다.

패밀리의 2인자로 알려진 송선미만 없었다면 말이다.

지금도 정숙한 차림으로 백아영의 한발 뒤에 선 채 무게를 잡고 있는 그녀는 날카로운 눈매와 냉혹해 보이는 얼굴을 하고 있었지만 상당한 미인이었다. 백아영보다 나이가 많았지만 패밀리의 2인자로 잘 알려진 파주제철 기업의 차녀로 이삼십대의 로열 계층에서는 보모라는 비아냥거림을 들을 만큼 백아영에게 극진한 여자였다.

송선미 역시 선대에 백석 그룹에서 분화한 기업체로 그룹 형식이 아닌, 단일 사업장만 운영하고 있어 재계 서열에는 들지 못했지만 탄탄한 운영방식과 지역 사회에 이바지하는 점이 커서 지역 주민들의 커다란 신망을 받고 있었다.

한편, 이들을 앞장서 안내하던 호텔리어는 백아영의 걸음이 다른 쪽으로 향하자 이내 그쪽을 확인하고는 당황한 몸짓으로 돌아섰다.

"죄송하지만 사장님께서 중요한 용무를 보시는지라……."

"지금 누구 앞을 막는 건가요?"

"맞아요, 당신! 잘리고 싶어서 환장했어요?"

송선미의 차가운 목소리를 강미희가 쌍심지를 켜며 맞장구쳤다.

"그, 그게……."

호텔리어의 안색이 창백하게 변했다. 일개 호텔리어 따위는 몇 마디 말로도 잘라 버릴 만큼 힘이 있는 부류가 눈앞의 여자들이었다. 하지만 사장이 내려와서 라운지의 직원들을 불러놓고 신신당부하며 강조한 지시가 있었다.

절대 아무도 자신의 주변에 접근시키지 말라는 지시였다. 킹덤 타워가 한국 땅에 세워진 이래, 그렇게 심각하고 강하게 말하는 사장 지시는 처음 듣는 터라 도저히 간과할 수가 없는 직원들이었다.

"죄송합니다."

결국 호텔리어는 사장의 지시를 어길 담력이 없었다.

"아니, 이 사람이 정말!"

강미희가 펄쩍 뛰며 얼굴을 붉혔고 송선미도 사나운 눈초리를 하며 앞으로 나서려고 했다.

"그만둬."

백아영의 발이 차분하게 두 여자를 막아섰다.

송선미는 언제 그랬냐는 듯 본래의 신색으로 그녀 옆에 시립했다. 백아영은 조금 흥분해 있던 강미희에게 한 번 눈짓을 준 다음 호텔리어를 보고 말했다.

"전에 사장님께 인사를 드린 적이 있어요. 그래서 늦은 밤이지만 인사를 드리려던 겁니다. 실례가 됐다면 죄송하군요."

보통 그녀 정도 되는 인물이 이렇게까지 나오면 아무리 상황이 안 좋아도 호텔리어 개인이 나서서 대처할 개제가 아니었다.

호텔리어도 앞선 사장의 태도가 웬만큼 어지간하지 않았으면 자신이 직접 뛰어가 그녀의 의중을 사장에게 물어봤을 터였다.

"정말 죄송합니다."

무슨 자리인지도, 어떤 손님을 상대하는지도 모르니 할 수 있는 말이라곤 이것뿐이었다. 이런 호텔리어의 태도에 백아영은 화가 나거나 어이가 없어진다기보다 좀 더 흥미를 띤 눈빛으로 소파 쪽을 보았다.

'누굴까? 젊은 사내였어.'

다른 사람은 보지 못했겠지만 그녀는 아프고 나서 특수한 공부를 병행한 까닭에 상당히 시력이 좋아졌다. 그리고 마침 자신이 볼 때 사장 맞은편에 앉아 있던 사람의 고개가 살짝 돌아갔고 그 얼굴을 얼핏 볼 수가 있었다.

처음에는 별 다른 관심을 두지 않았었다. 킹덤 타워의 사장 정도 되는 위인이 고작 라운지 소파에 앉아 대화를 나누는 건 의외였으나, 오히려 그런 상황 탓에 그저 알고 있는 사람 정도로만 여겼었다.

나이가 많거나 익히 아는 얼굴이라면 조금 달리 생각했겠지만 그것도 아니었고 킹덤 타워에 출입할 만큼 힘있는 인물들은 거의 빠짐없이 꿰차고 있는 그녀였다.

아무데도 해당이 안 되기에 무시하고 인사하려 했던 것인데 호텔리어의 이런 반응이라니.

백아영은 흥미가 동한 만큼 호기심을 느꼈지만 자신의 배경을 믿고 함부로 행동할 만큼 철부지가 아니었다.

'사장과 독대할 정도의 인물이라면 오래지 않아서 알 수 있을 거야.'

백아영이 이런 생각을 갖고 고개를 돌릴 때, 안 그래도 짜증이 나 있던 강미희의 얼굴은 차갑게 식어 있었다. 일개 호텔리어 따위가 자신들을 앞에 두고도 여전히 같은 자세를 고수하자 귀족적 자존심에 상처를 입은 것이다.

"당신이 지금 아영 언니의 신분을 알면서도 이딴 식으로 나오는 건가요? 그러면 우리 유한 그룹 같은 건 아주 우습겠네요?"

"아가씨의 신분과는 상관없이 아무도 접근시키지 말라는

사장님의 엄명이 계셨습니다. 죄송합니다."

"뭐? 이자가 정말!"

강미희가 보란 듯이 펄쩍 뛰며 성을 냈지만 호텔리어는 꿈쩍도 하지 않았다. 사실 소파까지 멀다면 멀고 가깝다면 가까운 거리였다. 그냥 하는 대화 정도는 당연히 들리지 않겠지만, 이 정도 소란이면 사장도 알아채는 게 정상이었다. 그런데 사장은 뛰어올 기미조차 보이지 않았다. 때문에 호텔리어는 더욱 자세를 바꾸지 않았다.

이제 여기서 백아영을 끔찍이 생각하는 송선미까지 나서면 그냥 무마될 소란 정도가 아니었다.

평범한 사람들이 보기에 별것 아닐 수 있지만, 로열 계층의 사람들일수록 사소한 일에도 굉장히 체면을 따졌다.

그러나 송선미의 차가운 어조가 향한 사람은 호텔리어가 아니라 강미희였다.

"그만해. 아영이 화나는 거 보고 싶니?"

"어, 언니……."

강미희는 순식간에 다 죽어가는 목소리로 백아영을 보며 말끝을 흐렸다. 그러자 백아영은 차분하지만 엄한 신색으로 강미희를 나무랐다.

"직원분께 사과하렴."

강미희의 얼굴이 수치심에 붉어졌다. 하지만 백아영은 이에 아랑곳 않고 되물었다.

"못하겠니?"

"아, 아니에요. 죄송해요."

"헉, 괜찮습니다. 정말 괜찮습니다!"

호텔리어가 삐질 거리는 땀을 감추지 못하고 서둘러 두 손을 휘저었다. 사실 이 정도만 되도 세계적인 체인을 가진 킹덤 타워 소속 호텔리어니까 가능한 행동이지, 다른 호텔 같았으면 지배인이 뛰어나와 머리를 숙이고 난리도 아니었을 것이다.

그만큼 재벌가의 위세란 범인의 상상을 초월할 만큼 대단했다. 아무튼 호텔리어는 젊은 층 최상위 로열 계층임에도 상당히 겸손하고 경우 바른 백아영에게 적잖게 감복하는 기색이었다.

"제 목을 걸고 사장님께 아가씨의 인사를 대신 전하도록 하겠습니다."

백아영은 그런 호텔리어에게 빙긋 미소 지으며 물었다.

"오늘 제 생일 연회 말고 다른 모임도 있나요?"

조심스럽게 다시 가던 길로 움직이던 호텔리어가 화들짝 고개를 흔들며 대답했다.

"절대 없습니다. 아가씨께서 주최하시는 연회인데 누가 감히 중복해서 예약을 하겠습니까."

"알겠습니다. 그럼 제 부탁 하나만 들어주세요."

"말씀하십시오."

"혹시 사장님과 같이 있는 분이 안으로 들어오시거든 저를 추천인으로 해주세요."

"알겠습니다, 아가씨."

이 뜬금없는 소리에 강미희나 송선미, 두 명의 경호원마저 놀라서 바라볼 정도였다. 하지만 뭐라고 의문을 표하기도 전에 킹덤 타워의 정문으로부터 커다랗게 울려 퍼지는 괴소가 있었다.

"우헤헤헤헤! 대장!"

"아씨, 저건 또 뭐야?"

강미희의 새침하던 얼굴이 중복되는 짜증으로 심하게 구겨졌다.

호텔리어는 한 번 더 난감한 상황이 오기 전에 황급히 고개를 숙이며 움직였다.

잠시 후 그녀들의 모습이 사라지는 걸 확인한 사장, 구자숙의 미간 사이로 식은땀이 뚝 하고 흘러내렸다.

'저자슥, 반드시 지배인으로 승진시킨다!'

이어서 철우가 소파로 달려올 때 그는 구세주를 보는 듯 찬란한 심정을 맛보았다.

'후아, 살았구나!'

CHAPTER **07**
귀족과 암살자

Seorin's
Sword

통상 '논다' 라는 표현은 젊은이들이 밤에 모여 춤을 추고 음주를 즐길 때 쓰곤 한다. 그러나 엄밀히 따져 '논다' 라는 건 나이에 상관이 없다. 연회라고 불리는 상류 계층의 사교 행위도 늦은 밤에 시작해 아침 무렵에야 끝나는 게 다반사였다.

단지 노는 수준이 틀리기에 그들은 파티의 명제를 연회로, 노는 행위를 사교라고 표현할 뿐.

특히 오늘은 젊은 층을 통틀어 첫손에 꼽히는 백석 그룹 후계자의 스물한 번째 생일 연회가 벌어지는 날이었다.

연회 시작 시간은 새벽 3시지만 이미 1시부터 펠컨 킹덤의 1층 플라워 라운지는 사람들로 북적이고 있었다.

암묵적으로 킹덤에서 열리는 연회는 초대 손님 명단이 따로 없었다. 워낙 입장 제한이 걸린 곳이기에 굳이 누굴 가려낼 필요가 없었고, 입장 가능한 손님이라면 충분히 초대 손님으로 자격이 있는 셈이었다. 그리고 이런 킹덤 타워만의 특성은 참석하는 손님의 수에 따라 집안의 위세가 다르게 비춰지도록 만들었다.

로열 계층에 속한 집안들 사이에서 묘한 경쟁 심리를 싹트는 건 당연한 수순이었다. 때문에 웬만한 사정이 아니고서는 거의 무조건적으로 연회를 참석하는 게 기본이었다.

한마디로 일종의 품앗이와 다르지 않았다.

물론 그것도 어느 정도 수준이 맞는 집안끼리의 얘기고, 좀 더 고위 집안의 경우는 굳이 그럴 필요가 없었다.

서로가 친분을 다지기에는 고위 집안의 연회만큼 좋은 자리가 없었기에 오라고 하지 않아도 자기들이 알아서 자리를 채워주는 것이다.

지금도 다르지 않았다.

많은 젊은이들이 펠컨 킹덤 1층으로 불리는 플라워 라운지 곳곳을 돌아다니며 친분을 쌓기 위해 노력하고 있었다.

플라워 라운지는 정원 형태의 야외 공간으로 대단히 아름답게 꾸며져 있었다. 인공 수조가 곳곳에 흘렀고 갖가지 나무로 멋들어진 조경을 자랑했다.

나무 아래에는 식사를 하며 담소를 나눌 수 있는 자리가 마련되어 있었고 중간중간에 뷔페 형식의 고급스런 음식들이 나열되어 있었다. 다른 때 같으면 은밀한 행위도 가능할 만큼 고즈넉한 공간도 많았으나 오늘은 적잖은 사람들로 인해 활기찬 분위기를 연출하고 있었다.

그런 와중에 드디어 오늘의 주인공이 플라워 라운지로 모습을 드러냈다.

고급 수트와 명품 의류로 멋을 낸 남녀들이 너나 할 것 없이 일어나 박수로 주인공을 반겨줬다.

짝짝짝짝!

주인공, 백아영은 은은한 미소를 띤 얼굴로 곱고 차분한 신색을 담아 그들 사이를 걸어갔다.

사실 킹덤 타워가 단시일에 상류 사회의 사교를 장악하게 된 건 바로 이런 연출력에서 기인했다고 해도 과언이 아니었다.

마치 중세 시대 왕이나 고위 귀족이 모두의 주목을 받고 입장하는 것처럼 1층과 5층을 연계한다.

실제 연회는 3층에서 시작되지만 이미 1층부터 화려한 주목을 받게 하는 것이다.

곧이어 백아영과 그녀의 패밀리가 2층 계단으로 오르자 1층에 모인 인물들은 부산하게 자신을 살피며 옷깃을 가다듬었다. 그리고 그들 중 일부는 대략 5분 남짓 기다리다가 자부심 넘치는 발걸음으로 2층 계단을 향해 올라갔다.

이들이 바로 계층 중에서도 상위 10% 안에 드는 부류였다.

남은 사람들은 부러움과 시기심이 섞인 눈빛으로 보고만 있을 수밖에 없었다.

펠컨 킹덤의 2층은 세븐 클래스의 소유자가 아니면 입장이 불허되는 탓이었다.

누가 본다면 차별이라고 비판할 수도 있겠지만, 차별이란 단어는 대중과 섞인 개념에서나 통하는 것이고 이들은 모두 특권 의식을 가진 부류였다. 때문에 곧이어 오를 3층 연회장에서 한 단계 도약을 꿈꾸는 것이다.

고위 가문의 핏줄과 친분이 생기면 한 단계 도약쯤이야 문제도 아니었다. 당장 남자 패밀리들 사이에서 황태자를 자처하는 김태수만 봐도 보란 듯이 자격도 되지 않는 일행 두 명을 거느린 채 2층으로 사라졌다.

이렇듯 상위 카드 소지자의 허락을 등에 업으면 자격이 되지 않아도 고층으로 오를 수 있는 것이다. 그리고 일단 상위 출입을 하게 되면 마치 학창 시절 일진회처럼 그들만의 무리에 속할 수가 있었다.

이건 실로 엄청난 특권이었다.

다만 평범한 사람이 보기에는 1층에 남은 인물들도 충분히 특권 계층이라 인정할 만큼 그 분위기가 남달랐다.

나름 특출 나게 살아왔다고 자부하는 철우 역시 입을 벌린 채 감탄사를 흘릴 만큼 눈앞의 분위기란 고급스러움 그 자체였다.

"히야, 잘사는 애들만 노는 데라 역시 틀리네요."

사장의 엄명을 받고 강서린 일행의 안내를 맡은 중년의 지배인은 철우의 촌스러운 태도에 입을 슬쩍 벌렸다가 이내 표정을 가다듬었다.

'도대체 저분 신분이 뭐길래 저런 촌놈까지 데리고 제한없이 다닐 수 있는 거지?'

제아무리 상위 카드의 소지자라 해도 아무나 데리고 들어올 수 있을 만큼 킹덤의 규칙은 만만한 게 아니었다. 때문에 그는 도무지 궁금하지 않을 수가 없었다.

'어쩌면 회장님의 숨은 아들? 큼, 설마! 아무리 봐도 동양인이잖아. 회장님은 유럽인이라고.'

"나머지 세 놈은?"

스스로도 납득하기 힘든 상상을 하던 그는 화들짝 놀라 재빨리 고개를 쳐들고 대답했다.

"조금 있으면 백석 그룹 아가씨의 연회가 시작될 시간입니다. 그래서 아마도 2층에 오른 것 같습니다."

"그런가? 알았다."

지배인은 급격히 멀어지는 사내의 등을 보며 침을 꿀꺽 삼켰다. 그가 입구서부터 들은 지시는 한 패밀리를 찾는 일이었다.

바로 1층에서 놀고 있던 황태자 패밀리.

워낙 튀는 모임이니 찾는 거야 일도 아니지만, 이어진 사장의 당부가 그의 오금을 저리게 만들었다.

'어떤 상황을 막론하고 무조건 저분의 편을 들라니?'

그게 어떤 상황일지 자신도 모르게 긴장되는 지배인이었다.

강서린은 옆에 있는 철우의 콧김이 훅훅 뿜어지는 걸 듣고 피식 실소를 지으며 말했다.

"다음부터는 참지 않아도 된다."

"오예! 그럼 지부터 가서 화를 풀어도 되는 굽쇼?"

"감당할 자신이 있으면 그렇게 해라."

"쿵, 그거야, 쩝!"

철우는 콧등을 올리다가 입맛을 다신 채 슬쩍 걸음을 늦췄다. 집안이 개입된 사단 정도야 대장이 막아주겠지만 그냥 싸움질은 손 놓고 보고 있을 게 분명했다.

성질 같아서야 감당할 수 있을 만큼만 패고 나머지는 대장에게 맡기고 싶었지만 그게 또 쉽지가 않았다.

'하여튼 대장은 모! 아니면 도!라니까!'

그래도 할 일이 아주 없는 건 아니다. 예전부터 이런 상황이 닥치면 꼭이라고 해도 좋을 만큼 그의 역할은 확고했다.

김기태와 전명호는 자칭 반 타칭 반 황태자 패밀리에 속해 있지만 실상 김태수의 개인 부하나 마찬가지인 인물들이었다.

일성 그룹 계열사 사장단을 집안으로 둔 두 사람은 김태수의 명령이면 죽으라는 시늉까지 할 만큼 충복을 자처해 왔다.

따지고 보면 대물림한 충성이었다. 그러니 거리낄 것도 망설일 필요도 없었다. 세상에는 돈 많은 사람에게 충성하고 싶은 사람이 넘쳐 난다. 하물며 모시는 재벌가의 직계라면 두말할 나위도 없었다.

"흐흐, 저길 좀 보라니까? 다들 수십억은 재미 삼아 굴리는 집안들이라고. 근데 그런 집안 애들도 2층에는 못 오른단 말씀이지. 태수는 급이 또 다르다고."

"뭐, 우리도 다르지. 우리는 태수 덕에 세븐 클래스에 끼게 됐으니까. 너네도 잘하면 저기 오를 수 있을 거야. 솔직

히 여기만 해도 태수 아니었으면 죽을 때까지 구경이나 했겠냐?'

이들 두 사람은 김태수가 과시용으로 데려온 이인혜 일행의 곁에 붙어서 쉼없이 그의 찬양을 늘어놓았다.

가장 심약한 편인 유한나는 두 친구 사이에 껴서 풀이 죽어 있었고 콸콸한 성격인 임지영도 임을 다문 채 술잔만 만지작거렸다.

'미안해, 친구들아……'

이인혜는 당장에라도 이런 친구들을 데리고 바깥으로 나가고 싶었지만 이곳에 오는 동안 들었던 협박성 말들 때문에 차마 용기를 낼 수가 없었다.

애초에 조금만 더 단호했다면…….

고작 선물 공세 따위에 여지를 줬던 자신에게 자괴감이 들 정도로 바보 같았다.

사실 임지영과 유한나도 미안한 심정이기는 마찬가지였다. 집안이나 외모, 친구에게 쏟는 정성 등 모든 면에서 좋게만 평가하고 친구를 부추겼는데 알고 보니 이런 망나니들도 없었다. 그래서 몇 번이고 인혜를 데리고 나가려고 했으나 그때마다 들리는 협박성 멘트가 있었다.

"그동안 우리가 너네한테 쏟은 게 얼만 지 알지? 우릴 망신 줬다가는 보상 정도로 그치지 않을 거야."

"야야, 기태야. 고만해라. 이제 재밌게 놀 일만 남았는데 왜 그러냐? 어차피 연회는 길어봤자 1시간이면 끝난다고, 흐흐!"

이럴 때마다 불과 1시간도 안 되서 끝났던 줄리아나에서의 부킹 자리가 몹시도 그리워지는 세 여자였다.

비록 한 남자는 말이 없었지만 이상하게 든든했고 한 남자는 덩치에 맞지 않게 떠들었지만 그래서 더욱 즐거운 자리였다.

그래서일까.

세 여자 모두 낯익은 목소리는 들었지만 쉽게 현실을 인지하지 못했다.

"여어! 양아치들, 우리 언니야들 데리러 왔다. 왜 아까는 안 나섰냐고? 이몸의 대장이 없었거든. 그러니까 너무 아쉬워하지 마라. 지금 이렇게 오셨으니까!"

장난일까, 아니면 환청일까? 그렇다고 치부하기에는 너무 생생했고 또 너무 구수했다.

"철우 씨!"

임지영이 술잔을 내팽개치고 뛰쳐나갔다.

철우는 입을 함지만큼 벌리며 팔을 내밀었다. 와락, 하고 임지영이 안기자 철우의 콧김이 뜨겁게 뿜어졌다.

"이제 아무 걱정 말라고!"

"으흐흑……."

유한나가 눈물까지 글썽이며 강서린의 앞으로 다가왔다. 소녀처럼 여리게 떨리는 그녀의 어깨를 강서린은 가볍게 다독였다.

"울지 마라."

"흐흑, 응……."

이런 친구들과 달리 이인혜는 놀라면서도 걱정스런 눈빛으로 자리에서 일어났다.

"어떻게 된 거예요?"

"뒤로."

"네?"

이인혜는 더 이상 아무런 말도 할 수 없었다. 눈앞의 사내가 다가왔고 동시에 김기태와 전명호의 욕설이 들린 탓이었다.

"넌 뭐야? 이런 시발, 뒈질라고!"

"저 덩치 새끼가 돌았나! 여기가 어딘 줄 알고 기어와!"

난데없는 여자들의 돌변에 일순 벙쪘던 그들이었다. 그러다가 여자들이 모두 자리를 뜨자 눈에 뵈는 게 없을 정도로 화가 치민 모습이었다.

철우는 감히 대장에게 욕을 하는 이 하룻강아지 같은 자들을 보면서 말했다.

"어이, 개새들아. 너네도 우리 잘 노는데 끼어들어서 우리 언니야들 데려갔잖아. 근데 뭐가 문제냐?"

물론 그는 이 어이없는 자들에게 답을 듣자고 질문을 던진 건 아니었다.

진짜는 다음이었다.

철우는 목을 길게 빼는 시늉을 하며 목젖에 힘을 줬다.

"이게 문제 있는 걸로 보입니까, 여러분? 문제 있다고 보이면 손 좀?"

1층 야외 라운지에는 아직 대다수의 사람이 남아 있었다. 그들은 이 기막힌 사태에 놀라는 한편, 흥미를 가진 채 보고 있었다.

세상에서 가장 재밌는 게 싸움 구경이 아닌가.

그러다가 철우의 제스처가 자신들에게 향하자 웃음을 참지 못하고 더러는 고개를 젓기까지 했다.

물론 손을 드는 사람은 없었다.

"그렇다는데?"

"이이!"

김기태와 전명호가 수치심에 바들바들 떨었다. 망신도 이런 개망신이 없었다. 무엇보다 여기서 가만있으면 김태수의 손에 매장당할 판이었다.

쩡!

"죽어! 이 새끼야!"

옆에 있던 전명호가 술병을 깨더니 욕설과 함께 내질렀다. 그리고 연출이 시작됐다. 아니, 현실이든 연출이든 누가 보기에도 다음부터 벌어진 상황은 연출이라 착각할 만큼 일반적인 잣대를 초월했다.

"시작하지."

강서린은 짧게 입을 열며 오른손을 내밀었다. 그러자 전병호가 휘두르는 깨진 술병이 장난처럼 그의 손에 안착했다.

쾅직!

쥐어지는 손길에 따라 술병이 산산조각 났다.

"어어?"

전병호는 눈을 크게 뜨며 뒷걸음질쳤으나 실제로는 한 발도 뒤로 가지 못했다.

"무, 무슨?"

퍽, 쿵—!

강서린의 발에 차인 전병호가 테이블로 날아가 부딪쳤다. 내장이 터질 것 같은 고통에 그는 숨조차 제대로 쉬지 못했다.

사실 일련의 과정이 조금만 느렸어도 김기태는 함부로 덤벼들지 못했을 것이다. 하지만 머리로 인식하기에 친구가 당한 시간이 너무 빨랐고 그래서 반사적으로 주먹질을 하려 했다.

물론 결과는 더욱 처참했다.

훅! 쩍!

주먹도 아니고 손등이었다. 장난처럼 올라간 손등이 김기태의 뺨을 후려쳤고 이빨 서너 개가 함께 공중으로 떴다가 내려갔다.

강서린은 무너질 테이블 한쪽에서 길쭉한 나무다리를 뽑아 들었다. 그러고는 테이블보를 잡아 빼서 둘둘 말았다.

와장창!

쟁반들이 굉음을 내며 떨어졌지만 어느 누구도 나서는 사람이 없었다. 심지어 종업원들마저 외부에서 벌어지는 일인 것처럼 바라만 볼 뿐이었다.

이는 분명 이상한 광경이었지만 지켜보는 손님 중 누구도 그런 정황을 떠올리지 못했다.

그들의 상식으로는 한 번도 떠올려 본 적이 없는 현실이 눈앞에서 벌어지고 있었으니까.

강서린의 손은 김기태와 전병호를 사정없이 패기 시작했다. 몽둥이가 테이블보에 말린 탓인지 소리를 크지 않았다.

이즈음, 어리벙벙한 상태로 있는 손님들과 달리 보안요원으로 위장한 퀀텀 지부 조직원들은 바짝 긴장한 채 미동조차 못하고 있었다.

—저 꼴이 되고 싶지 않으면 절대 저분의 심기를 거스르지 말 것!

이어폰을 타고 재차 삼차 날아오는 당부였다. 그러니 감히 1층 라운지가 개판이 된다고 해서 함부로 나설 간 큰 조직원은 없었다.

"으헤헥! 사, 사람 살려!"

"아악! 살려! 아아악!"

퍽! 퍼벅!

그나마 강서린이 번갈아가면서 몽둥이질을 하니까 망정이지, 한 사람만 두들겼다면 이들 둘은 비명조차 제대로 지르지 못했을 것이다.

잠시의 시간이 흐르자 내뱉는 말투부터 달라졌다.

"쿠허헉, 한 번만 봐주십시오! 저희가 잘못했습니다! 제발!"

"크헉! 마, 맞습니다! 시키는 대로 할 테니 그, 그만!"

이들은 자신들이 폭행을 당하는 데도 왜 아무도 나서지 않는지조차 알지 못했다. 그저 무지막지한 고통에 일단 빌었다.

체면도 잊고 무조건 강서린의 발목을 잡고 늘어지며 처

절하게 굴복했다. 그러자 강서린은 느릿하게 들어 올린 손을 전병호의 머리로 가져감과 동시에 몽둥이를 집어던졌다.

픽!

전병호는 비명도 지르지 못한 채 인사불성이 돼서 수십 바퀴를 굴러가 사라졌다.

지켜보던 철우가 혀를 차며 고개를 흔들었다.

"쯧쯧, 그러기에 병은 왜 깨서 매를 버노?"

한편으로는 자신의 상상 그 이상으로 강해진 대장의 모습에 바짝 전율이 이는 그였다.

'아무튼 소싯적부터 알아봤다니까.'

신기하지만 팔을 수십 번 휘둘렀는데도 대장의 숨은 매우 차분했으며 여느 때와 같이 무미건조했다.

"김태수란 놈에게 안내해라."

"어헉? 그, 그건……."

완전 박살이 난 친구의 모습에 벌벌 떨던 김기태는 강서린의 말을 듣고 돌발적인 폭행이 아닌, 작정하고 시작된 구타라는 걸 깨달았다.

그는 고통도 잊을 정도로 기겁하며 엉거주춤 섰다. 그러나 곧 전신의 뼈가 비명을 지르는 듯한 고통에 다시 신음 소리를 내었다.

"네놈들 따위를 손보는 걸로 내 기분이 풀리지 않는다. 당장 움직이지 않으면 골통을 부숴 버리겠다."

강서린은 그렇게 말하며 눈을 약간 가늘게 떴다. 섬뜩한 흑색의 눈빛이 김기태의 눈을 통해 뇌리에 압박을 가했다.

"으으으!"

김기태는 이제 반쯤 제정신이 아니었다. 더 이상 머뭇거렸다가는 확실하게 죽는다는 생각이 그의 머릿속을 헤집었다. 평상시 같으면 무슨 상황이 닥쳐도 절대 2층으로 기어가지 않았을 것이다.

이런 몰골을 세븐 클래스들에게 보였다가는 매장 정도로 끝날 문제가 아니니까! 그러나 지금 이자의 말을 따르지 않았다가는 매장 정도가 아니라 반드시 죽게 된다는 처절한 공포가 그를 잠식했다.

그는 뭐라고 말을 하지 못하고 부르르 떨며 기다시피 2층 난간으로 움직였다.

이런 광경을 보면서도 백 명에 가까운 젊은이는 아무런 행동조차 취하지 못했다.

고래도 법보다 주먹이 가깝다는 속언이 있었다. 지금이 딱 그런 상황이었다. 함부로 나서기에는 조금 전의 구타가 살 떨리게 무서운 것이다.

오죽하면 자신들 때문에 벌어진 일임에도 세 여자들조차 손으로 입을 가린 채 얼어 있을 정도였다.

그나마 철우가 아니었다면 한마디 말도 꺼내지도 못할 만큼 그녀들 또한 기겁해 있었다.

"놀랐지? 우리 대장이 한 번 화나면 좀 무섭거든! 이 양아치 새끼들이 임자 제대로 만난거지. 맞을 짓을 해서 맞은 거니까 별로 불쌍하지도 않네."

"으응."

임지영이 간신히 반응했고 유한나는 그런 친구의 손을 꼭 붙든 채 큰 눈을 몇 번씩 껌벅였다.

이인혜는 그런 철우의 말을 듣다가 깨달을 수 있었다, 눈앞의 사내는 조폭이 무서워서 쫓아간 게 아니란 걸.

이런 심상이 들자 무서우면서도 갑작스런 든든함이 그녀의 가슴에 차올랐다. 사실 협박성 말들도 그랬지만, 이곳의 분위기 자체에 위축될 수밖에 없었던 그녀였다.

나름대로 엘리트라고 자부하며 살던 이인혜는 그런 자신을 참을 수가 없었다. 그러다가 상황이 반전되자 억눌렸던 자존심이 표출됐다.

"가자, 우리 때문에 벌어진 일인데 끝까지 지켜봐야지."

이인혜는 아랫입술을 물면서 친구들에게 말했다.

같은 심정인지 임지영도, 여리게 떨던 유한나도 고개를 끄덕였다. 철우는 그런 여자 셋을 보며 자신도 모르게 어깨를 으쓱했다.

"헐, 보통 이럴 때면 대장의 무지막지함에 놀라 오던 여자도 도망가게 마련인데? 휘유! 부킹 한 번 제대로 했네."

이제 이들의 주변은 현실 감각을 찾았는지 서서히 경악하는 분위기에 물들고 있었다.

감히 황태자 패밀리를 구타한 흑발의 사내.

뒤따르는 곰 같은 덩치와 아름다운 미모의 여자 셋!

그냥 바깥으로 나갔다면 신고를 하든 뭘 하든 난리가 났겠지만 기막히게도 이들이 가는 쪽에는 진정한 귀족들만이 출입한다는 세븐 클래스들의 점유 공간이 있었다.

*　　　*　　　*

세븐 클래스 카드의 소지자들.

이들은 스스로 귀족을 자처해도 당연하게 여겨질 진정한 로열 계층으로 불리고 있었다.

고급 양주가 즐비한 쉘터 바는 넓고 고급스러웠다.

사방 벽면에는 능숙한 솜씨의 바텐더들이 대기해 있었고

그 앞으로 최고급 좌석이 배치되어 있었다.

특이한 건 좌석의 색이 다르다는 점이었다.

금색 빛깔의 물소 가죽 좌석에는 김태수를 비롯한 재벌가의 핏줄들이 모여 있었는데 그 수가 일곱 명으로 가장 많았다.

이에 비해 맞은편 백색 좌석에는 그보다 한 사람이 적은 여섯 명의 청년이 앉아 담소를 나누고 있었다.

이들의 우측에는 펄 느낌이 나는 회색빛의 좌석이 있었고 역시 전용 바텐더의 잔을 받는 여섯 명의 청년이 있었다.

끝으로 푸른 무늬가 들어간 좌석이 있었는데 그곳에 앉아 있는 사람은 불과 네 명에 불과했다.

반대로 중앙의 크고 넓은 소파에는 이런 좌석 색깔에 상관없이 모여 있는 청년들도 있었다. 이들은 종업원을 시켜 술을 가져오게 했는데 그 행동이 꽤나 조심스러웠다.

최태국은 서른 명 남짓한 중앙의 청년들을 보며 의기양양한 눈빛으로 양주잔을 들었다.

"이거 오늘은 저희가 가장 늦게 입장할 것 같습니다."

그가 잔을 들자 지척에 있는 몇몇이 기분 좋은 표정을 지으며 잔을 들었다. 그러자 반수에 가까운 청년들이 못마땅한 기색을 감추지 못했다.

하지만 그들로서는 최태국에게 뭐라고 말할 입장이 아니었다.

쉐프터 바에는 그들만의 룰이 있었다.

연회장의 주최 측이 어느 색깔에 해당하느냐에 따라 입장 순서가 달라진다는 룰!

각 바텐더의 앞좌석에는 세븐 클래스의 실소유주만이 앉을 수 있었는데, 그들은 쉐프터 바가 오픈할 무렵부터 자연스럽게 좌석의 색깔별로 서로의 영역을 구분했다.

금빛 좌석에는 금력을 가진 집안끼리.

백색 좌석에는 권력을 가진 집안끼리.

회색 좌석에는 전통의 입김을 가진 재야 가문과 언론과 연계된 공신력을 가진 집안끼리.

끝으로 푸른 무늬는 어느 영역에서든 당대의 명사를 보유한 집안의 직계나 어린 나이에 커다란 명성을 이룬 인물들이 앉는 자리였다.

이들은 좌석의 색깔만큼이나 대화하는 분위기도 달랐다. 그러나 모두 하나의 공통점을 가지고 있었다.

바로 세상 무서울 것 없는 자부심이었다.

이들에게 있어 경쟁 상대란 색깔이 다른 같은 세븐 클래스뿐이었다.

어쨌든 각 연회가 벌어질 시에 가장 늦게 입장하는 부류야

말로 모두의 주목을 받을 수 있었다.

이른바 유럽식 입장법이었다.

중세 유럽에서는 고위 귀족일수록 뒤늦게 입장함으로써 신분을 과시하는 게 보통이었다.

킹덤 타워의 연회는 이런 중세 유럽의 연회를 여러 부분에서 본 따고 있었다.

거의 대다수인 1층 카드 소지자들의 경우 호명없이 연회장으로 바로 진입한다. 그러나 2층에 속한 세븐 클래스의 경우, 3층으로 바로 진입함과 동시에 대기 중인 호텔리어가 정중하지만 큰 목소리로 신분을 알렸다. 그러면 모두의 주목을 받으면서 입장하는 것이다.

문제는 세븐 클래스들 사이에서도 입장 순서의 차이가 있다는 점이었다.

처음에는 자존심 때문에 각 파벌끼리 충돌을 빚은 적도 있었다. 그러던 것이 어느 순간부터 서로의 유착 관계에 따라 바뀌었다.

백색에 속한 정치권력 가문에서 연회를 주최하면 회색, 금빛, 푸른빛에 이어 최종 입장은 같은 백색 가문들의 몫이었다.

정치권력 가문에 있어 가장 반대편에 서 있는 재야인사 가문들이 우선 입장하는 것이고 푸른빛은 적대적인 유착이 없기에 항상 뒤에서 두 번째였다.

금빛은 만만하면서도 유착이 깊기에 어느 파벌이 나서든 두 번째, 내지 세 번째였다. 뒤에 입장할수록 신분을 과시할 수 있으니 자신들의 뒤에 다른 파벌이 선다는 건 일정 부분 자존심의 문제.

이런 연유로 보통 대립각을 세우고 있는 파벌은 상대 파벌이 연회를 열 경우, 웬만해서는 그 규모를 축소하게 마련이었다. 하지만 오늘처럼 파벌을 떠나 최상위에 위치한 가문에서 연회를 열 경우 거의 모든 세븐 클래스가 참석하게 마련이고, 이때에는 자존심이 상하더라도 앞에 서는 걸 감수해야 했다.

오늘 연회의 주인공인 백아영은 엄연히 금빛에 속한 세븐 클래스. 때문에 다른 색상에 속한 청년들로서는 인상을 구길 수밖에 없던 것이다.

이에 비해 최태국 등 금빛 좌석의 배경을 가진 청년들은 상당히 고무된 분위기였다.

마지막 입장에는 하나의 특권이 있었는데, 그건 자신이 속한 파벌이 가장 늦게 입장할 경우, 동행인들도 호명을 받는단 사실이었다.

생각해보라!

대한민국 최상위 젊은 층들 가운데 울려 퍼지는 자신의 이름을!

이들이 세븐 클래스의 수족이 되는 순간에 갖는 가장 큰 특권이 바로 여기에 있는 것이다.

그리고 이런 룰은 어른들의 공간인 델칸 킹덤에도 적용되고 있기에 킹덤 타워가 벌어들이는 돈은 가히 천문학적이었다.

이른바 경쟁 심리와 공명심을 이용한 돈벌이!

가히 혀를 내두를 만큼의 장삿속이 아닐 수 없는 것이다.

김태수는 보란 듯이 다리를 꼰 채 좌우를 훑으면서 말했다.

"오늘 내 파트너는 기대해도 좋을 겁니다."

강남의 황태자인 김태수가 존대를 쓰며 대하는 인물들.

그중 다섯은 재계 30대 재벌가에 속해 있고 나머지 둘은 제4금융권의 큰손으로 불리는 집안에 속해 있었다.

내용만 보면 고작 50대 재벌가에 턱걸이한 김태수의 집안이 하위권으로 보이지만, 2세의 타이틀을 단 직계는 그와 또 다른 한 명만이 유일했다. 나머지는 방계이거나 아직 일선에 나설 날이 먼 3세 격인 것이다. 때문에 이들은 서로를 비슷비슷한 동급으로 대하고 있었다.

"어디서 놀던 아가씨인데 그래?"

재계 서열 29위인 선학 재단이란 외척을 가진 배성진이 조금 상기된 채 물었다. 학창 시절부터 여자 문제로 여러 번 구설수에 오른 그는 미녀라면 사족을 못 쓰는 색골로 소문나 있었다.

김태수는 기분 좋게 웃으며 너스레를 떨었다.

"하하, 아직은 비밀입니다."

"이거 우리 사이에 왜 그래? 그러지 말고 좀 알자. 나도 웬만큼 생긴 애들은 대부분 알고 있는데, 오늘 온다는 말은 못 들었거든."

옆에 있던 구성찬이 부러운 시선으로 끼어들었다. 그 역시 배성진과 비슷한 조건을 가진 재벌 3세였다.

"다들 좋겠습니다. 난 집안에서 정략결혼시킨다고 난리라 파트너 데려오는 건 꿈도 못 꾸는데."

"이야! 이거 왜 이러셔? 성찬이 너는 그 대신 아무리 화끈한 밤을 보내도 집안에서 터치 안하잖아?"

그 말을 들은 구성찬은 고개를 흔들며 말했다.

"닳아서 문드러진 조갯살이랑 탱탱한 조갯살이랑 같냐?"

"꺄악! 저질!"

"아휴, 그만들 좀 하지?"

비명을 지른 사람은 이십대 초반의 귀엽게 생긴 아가씨로 외국계 거대 외식 업체인 블리하임 모멘트의 한국 지부장을 부계로 두고 있었다.

블리하임 모멘토가 워낙 세계적인 기업이라 한국 지부의 규모가 웬만한 그룹만큼 컸고 이 지부를 초기부터 이끌고 있는 그녀의 아버지 또한 엄청난 자산가로 알려져 있었다.

그런 자산가를 아버지로 둔 최린은 비명을 지르면서도 남자들 틈에 꼭 붙어 떨어지지 않았다.

이런 최린과는 반대로 또 다른 여성인 구인화는 짜증 섞인 얼굴로 고개를 돌려 버렸다. 사실 그럴 만도 한 게, 오늘 모임은 그녀에게 썩 달가운 행사가 아니었다.

백아영이 등장하기 전까지만 해도 구인화는 금빛 파벌의 퀸이었다. 재계 서열 10위 안에 드는 성신 그룹의 직계. 단순히 재계뿐만이 아니라 국내 최고의 교회들을 후원하며 큰 성신 그룹은 막강한 공신력도 가지고 있었다.

만일 그녀의 아버지가 후계 서열에서 밀려난 셋째가 아니었다면 백아영과도 비견할 만한 배경이 아닐 수 없었다.

아니, 백아영이 아니었다면 굳이 후계 서열을 따지지 않아도 아직까지 그녀는 퀸이었을 것이다.

"아가리에 걸레들 물었냐?"

김태수와 더불어 남쪽 유일한 직계로 인정받는 국대광이 입매를 틀며 돌아봤다. 줄무늬 셔츠를 단추를 서너 개씩 푼 채 야성미를 자랑하는 사내. 공식적인 재벌가와 달리 사채 시장의 큰손 집안이 배경인 터라 은근히 경원시되는 인물이기도 했다. 또 그런 까닭에 서른 살이 넘은 나이에도 아직까지 델칸 킹덤에 오르지 못하고 있었다.

나이도 그렇지만 워낙 불같은 성미로 유명한 터라 막말을 들었지만 다들 무시하는 기색이었다.

평소 같으면 자신 역시 무시했을 김태수지만 오늘은 날이 날인지라 꽤나 빈정이 상했다.

'무식한 새끼, 오늘만 지나면 너 따위는 내 발치에도 미치지 못할걸?'

같은 파벌 내에서도 은근히 서열이란 게 있었다. 지금까지는 한참 먼저 사회에 나온 국대광이 더욱 인지도가 컸다. 오늘 참석하진 않았으나 금빛 파벌 내에서도 결코 무시할 수 없는 배경을 가진 유신재가 그의 단짝 친구였다. 그런데 오늘, 백아영의 연회에 가장 마지막으로 입장하는 사람으로서 그의 입지는 달라질 것이다.

모두가 금색 파벌의 남자 서열 1위로 자신을 우러러볼 것이다. 이를 위해 백아영을 싫어하는 구연화를 꿰어 가장 앞에 서도록 만들었고 가장 큰 걸림돌도 덩달아 치워 버렸다.

국대광은 오래전부터 구연화를 짝사랑해 왔는데 이런 감정을 이용해서 그녀의 뒤에 서도록 만든 것이다.

김태수는 자신이 꾸민 상황인 만큼 국대광이 수락하지 않을 거란 걸 알면서도 빈정거리듯 물었다.

"형님, 저랑 자리를 바꾸시겠습니까?"

"어머! 역시 태수 씨는 마음이 넓어."

최린이 손바닥을 치며 그를 치켜세웠다.

"이 새끼가?"

국대광은 인상을 쓰며 일어났지만 구연화의 옆모습을 한 번 보고는 인상을 쓴 채 무릎에서 힘을 뺐다.

사실 그로써는 구연화만 아니었다면 이런 자리에 참석할 이유도 없었다. 아직 결혼을 안했을 뿐이지, 그는 이미 부계의 일을 일정 부분 감당하고 있었다. 새파랗게 어린 김태수의 얕은 장난질을 눈치채지 못할 리가 없었다. 하지만 알면서도 참을 수밖에 없었다. 그가 구연화의 뒤에서 에스코트해야지만 그나마 그녀의 체면을 살릴 수 있기 때문이었다.

'크큭, 멍청한 연놈들.'

김태수는 웃음을 참기 힘들었다. 한낱 자괴감에 빠져 배경과 어울리지 않게 행동하는 구연화나 그런 구연화를 좋아한

답시고 체면을 구기는 국대광같은 부류는 좋은 먹잇감이나 마찬가지였다. 만약 백아영이 없었다면 국대광을 치워 버리고 구연화를 차지할 계획을 세웠겠지만, 백아영은 구연화 따위와는 비교도 안 되는 여자였다.

오늘 파트너로 작업한 강남 퀸카 이인혜는 그에게 있어 일종의 장신구 그 이상도 아니었다.

김태수는 입가에 단침이 고이는 걸 느꼈다.

'인혜년이 짝퉁이면 백아영은 보석이지. 무슨 수를 쓰더라도 널 내 것으로 만들 테다.'

하지만 세상살이가 그리 만만했다면 야망이란 단어는 존재하지도 않았을 것이다.

김태수의 확신에 찬 야망은 3층으로부터 정장 신사가 내려와 외침을 터뜨리는 순간까지만 실현 확률이 있었다.

"어험! 5분 뒤에 백아영 아가씨의 스물한 번째 생일 연회가 시작될 예정입니다! 입장하실 2층 손님들은 서둘러 준비해 주시기 바랍니다!"

3층 담당 지배인이 내려왔다는 건, 1층의 손님들 모두가 3층으로 입장했단 의미였다.

지배인이 다시 계단으로 올라가자 2층의 인물들은 들었던 잔을 놓고 옷깃을 가다듬었다. 그렇게 시작된 잠시의 부산함은 타이밍 좋게도 2층으로 올라오는 몇 사람의 인기척을 가려줬다.

하지만 이는 정말 잠깐이었다.

가장 먼저 올라온 김기태가 미친 사람처럼 금빛 좌석으로 달려갔고 그 요란스러움에 모두의 시선이 쏠렸다.

"으허헉, 태수야!"

*　　　*　　　*

"김태수란 자 앞에 그분께서 당도하셨습니다."

"수고했어요. 하나도 빠짐없이 주기적으로 보고하세요."

직속 수하가 물러나자 줄리아는 화로에 손을 가져가며 작게 중얼거렸다.

"과연 스튜피드 빌더런이 재현될까?"

그녀의 입매로 보조개가 들어갔다. 가는 미소도 지어졌다. 스스로 던진 질문에 묘한 재미를 느낀 것이다.

하지만 이런 기분도 잠시였다.

불현듯 줄리아의 표정에서 미소가 사라졌다. 어느 틈엔가 그녀의 뒤로 옅은 사람 그림자가 뻗어 있었다.

"무슨 일인가요?"

"해소되지 않는 의문이 있다."

그림자 속에서 대답하는 말이 흘러나왔다. 탁하고 거친 육성. 뭉툭하게 가라앉은 어조였다.

줄리아는 자신도 모르게 미간을 찡그렸다. 그림자가 감히 조직의 2인자인 자신에게 반말을 해서? 명령도 없이 모습을 드러내서?

그런 이유가 아니었다.

그림자는 굳이 규칙에 메이지 않아도 되는 자.

줄리아는 신경이 곤두서는 걸 느꼈다.

'이자가… 설마?'

그림자는 전대 치글러가 세상의 모든 비인간적인 수단을 동원해 만들어 낸 어둠의 괴물이었다.

전대 치글러는 미처 이 괴물을 강제하고 써먹기도 전에 배반의 칼을 맞았다. 새로운 수뇌부의 입장에서는 무척이나 다행스런 일이었다. 그가 배반의 벽이 됐다면 현재의 미래는 없었을 테니까.

이 점을 상기한 줄리아는 표정을 굳히며 돌아섰다. 정면으로 검은 후드를 뒤집어쓴 인영이 드러나 있었다.

과거, 배반은 성공했고 주인 잃은 괴물은 조직의 골칫거리로 전락했다. 제어할 수 있다면 모르되, 이미 제어 가능한 단계가 지난 탓이었다. 수뇌부는 깊은 고심에 휩싸였다. 그러나 결정은 오래지 않아 내려졌다.

양날의 검으로 치부하기에는 조직의 사정이 여의치 않은 때였다. 패기 처분 결정이 내려졌고 그대로 이행되는가 싶었다.

줄리아의 시선이 그림자를 향해 똑바로 닿았다. 당시에도 그랬다. 모든 인간들이 괴물을 외면할 때 그녀만이 괴물의 순수성을 알아봤다.

줄리아는 괴물의 순수성을 어린아이의 행동과 비교하곤 했었다.

잠자리의 날개를 뜯는 어린아이의 행동은 일견 잔혹하지만 순수하다.

괴물이 그와 같았다.

치글러의 딸이란 신분을 떠나, 자신의 능력만으로도 넘버원 쉐도우 클래스 조직의 두뇌가 된 그녀였다.

수뇌부의 만류에도 불구하고 끊임없이 괴물과 접촉했다. 괴물에게 발룽이란 이름을 지어줬고 그를 사람으로 대해줬다. 그러자 놀랍게도 괴물은 마치 엄마를 따르는 아이처럼 그녀의 통제에 따르기 시작했다.

하지만 지극히 제한적이었다. 괴물, 발룽은 오직 줄리아의 곁에만 맴돌았고 그녀의 명령만을 들었다. 이렇게 되자 하는 수 없이 수뇌부는 메인 가드란 명목으로 발룽의 존재를 인정했다.

물론 그녀가 치글러의 친딸이기에 가능한 상황 전개였다.

발룽은 최고 암살자 등급인 트리플A를 넘어서는 괴물. 남에게 맡기기에는 너무도 위험한 존재였다.

이런 내력을 가진 인물이기에 유일한 통제자인 줄리아도 함부로 대할 수 없었다.

'아니, 솔직히 뭘 어떻게 할 필요도 없었으니까.'

발룽은 최고의 암살자답게 마치 그림자처럼 맴돌 뿐이었다. 목소리를 들은 것도 까마득히 오랜만이었다.

그는 한낱 언어로써 자신의 존재를 증명하는 인물이 아니었다.

분명 지금까지는 그랬다.

그를 보던 줄리아는 자신도 모르게 한숨을 내쉬었다.

"후우, 뭐가 궁금한 거죠?"

"그는 강자인가?"

정면의 윤곽이 좀 더 뚜렷해졌다. 그러자 후드의 안쪽으로부터 사람의 얼굴선이 드러났다.

줄리아는 자조 섞인 심정으로 깊게 눈을 감았다가 떴다.

'내가 이런 실수를 하다니… 소드 마스터가 발룽을 자극할지도 모른단 생각을 왜 못했을까?

잠시 침묵하던 그녀는 뭔가 결심한 사람처럼 단호한 눈빛을 발했다.

"바로 보았어요. 그는 강합니다. 세계에서… 이 지구상에서 가장 강하죠. 그는 단연코 최강자예요."

"그런가? 그래서 나 발롱의 주인인 그대가 고개를 숙이는 건가?"

"호호, 뭐라고요?"

줄리아는 어이없다는 듯 웃었다. 그러나 그녀의 낯빛은 얼음장처럼 차가워져 있었다.

줄리아는 한쪽 벽으로 성큼 걸어갔다. 벽에는 십자로 교차된 레이피어 두 개가 매달려 있었다.

"발롱, 내 말을 잘 들어요."

줄리아는 레이피어를 들더니 번뜩이는 검 날을 화로에 가져갔다. 그러자 불과 수 초 만에 날카로운 레이피어의 검 끝이 붉게 달아올랐다.

치직.

"지금부터 내가 하는 말을 이해하고 받아들이지 못한다면 나는 이 검을 심장에 박을 거예요. 당신이 경솔하게 행동한다 해도 말이죠."

이 극단적인 선언에 발롱의 후드가 일렁이듯 흔들렸다. 세상에서 그의 심기를 흔들 수 있는 유일한 존재가 바로 눈앞의 이름을 준 여자였다.

그를 흔들어 놓은 줄리아는 빠르게 생각을 정리했다.

'어쩔 수 없어. 발룽은 최고의 암살자지만 어린아이와 같아.'

어린아이는 그 순수함만큼이나 집착도 심한 법이었다. 발룽은 그녀 자신에게 집착함으로서 살인의 욕구까지 참는 인물이었다. 그 집착이 워낙 올곧아 이런 상황을 예상치 못한 게 실수라면 실수였다.

"치글러를 죽일 수 있나요?"

"원한다면 가능하다."

"좋아요. 그럼 지금 당장 치글러에게 당신의 표적이 됐단 사실을 알리겠어요. 그래도 가능한가요?"

작심한 듯 되묻는 줄리아의 질문에 발룽의 후드가 한 차례 더 흔들렸다. 지금 보이지 않는 후드 너머로 이 최고의 암살자는 그답지 않은 흥분을 드러낸 것이다.

"가능할 수도 있겠죠. 시간의 제약이 없다면 말이에요. 그럼 다시 묻겠어요. 발룽, 당신 같은 인물이 열 명, 백 명이 모여 치글러를 지킨다면 어떻겠어요?"

부르르, 발룽의 검은 후드가 거칠게 흔들렸다. 그는 결코 바보가 아니었다. 암살은 머리가 나쁘거나 무지한 자가 할 수 있는 일이 아니니까.

"궤변이다."

"궤변이 아니에요. 그는……."

말끝을 흐린 줄리아는 길게 한숨을 내쉬면서 말했다.

"휴우, 그는… 소드 마스터는 가능해요. 그에게는 무엇이든 뚫는 검이 있으니까요."

"……!"

"당신도 놀라는군요. 이해해요. 우리도 그랬으니까요. 하지만 그뿐이라면 성공 가능성이 희박해도 우리의 시도는 멈추지 않았을 거예요. 수성과 공성은 전혀 다른 개념이니까요."

목이 탔는지 줄리아는 화로 옆에 놓인 찻잔을 들고 잠시 동안 입술을 축였다. 이윽고 그녀는 뭔가를 회상하는 사람처럼 차분히 뇌까렸다.

"전대 치글러는 그를 오판했단 이유로 내 아버지의 손에 죽었죠. 우습지 않나요? 사람 한 명 오판했단 사소한 명목 때문에 임포메이션 퀀텀의 수장이 배반당한 거니까요."

쩡!

그녀의 손에 쥐어져 있던 레이피어가 아무렇게나 한쪽에 떨어졌다.

"우리는 인정해야 했죠. 그는 검이지만 세상에서 가장 단단한 검이란 사실을, 그리고 세상의 누구도 피할 수 없는 검이란 사실을."

"크으으, 믿을 수 없다. 내가 본 그자는 사람에 불과했어!"

와락, 하면서 후드에 주름이 잡혔고 짐승의 표호 같은 소리가 세어 나왔다.

줄리아는 눈 하나 깜짝하지 않고 받아쳤다.

"그나마 우리는 나은 편이에요. 몇몇 조직은 회생 자체가 불가능할 만큼 흔적조차 남기지 못하고 사라졌으니까요. 사람에 불과하다고 했나요? 아니죠. 그는 투신이에요. 그를 사람으로 오판하고 덤볐던 자들 중 성한 건 아무것도 없었어요."

줄리아는 이제 반쯤을 그의 기를 죽여놨다고 생각했다. 하지만 여기서 안심할 수는 없었다. 제아무리 메마른 심정을 가진 사람이라도 감정이 아주 없을 수는 없는 노릇이었다.

'그가 소드 마스터에게 경쟁심을 느끼게 해서는 안 돼.'

이제 현실 감각을 일깨워 줄 차례였다. 얼마나 통할지는 몰라도 그녀 자신이 가진 모든 언어적 수단을 동원해서 납득을 시켜야 했다.

"어쩌면… 만에 하나의 가능성이지만 스튜피드 빌더런 당시의 그를 우리가 상대했다면, 정말이지 만에 하나라도 통했을지 모르겠어요. 조직이 알고 있는 어떤 수단 중에… 하나라도 말이죠."

"…크흐으!"

수단이란 단어에서 노골적으로 자신을 보는 그녀의 태도에 발룽은 웃음인지 신음인지 도무지 가늠하기 힘든 반응을 보였다.

줄리아의 코끝이 살짝 흔들렸다. 지혜로운 그녀는 능력이 뛰어난 사내일수록 자존심에 상처를 입으면 견디지 못한단 사실을 잘 알고 있었다.

'하지만 도리가 없어.'

아이는 부모가 혼낼수록 더욱 반발한다. 그러다가 부모의 혼쭐이 심해지면 결국 굴복하게 마련이었다.

지금 발룽을 대하는 줄리아의 심정이 그와 같았다.

"그를 아는 모든 조직들이 잊지 않는 이야기가 있죠."

줄리아는 그가 나타나기 직전, 자신이 회상했던 어느 숨은 사건의 내막, 혹은 내용을 또박또박 설명하기 시작했다.

이름하여 스튜피드 빌더런(Stupid BilderRun)!

직역하여 멍청하게 달리는 빌더다.

불과 3년이 되기도 전, 세계를 지배하는 막후 조직들로부터 세계 최강자란 존재가 대두되기 바로 이전!

소드 마스터는 17세의 어린 학생이었다.

유럽으로 유학 온 그를 최초로 적대한 부류가 있으니, 영국 왕립 아카데미에서 파벌을 이루던 유럽 명가의 혈손들이었다.

이들은 대개가 빌더버그 그룹에 속한 집안들로 이루어져 있었다. 빌데르베르크 그룹이라고도 불리는 그들은 유럽 각국의 정계와 제계 왕실 관계자 등으로 이루어진 골든 클래스로 대략 100명에서 150명 내외의 구성원이 모이는 국제회의로 알려져 있었다.

일각에서는 국제 연합[UN] 외교 관계 협의회, 삼각 위원회보다 더 강력하다고 평가할 만큼 유럽 내 빌더란 이름은 독보적인 권력을 상징했다.

그런 빌더버그 그룹을 배경으로 둔 명가의 혈손들은 아카데미뿐만이 아니라 바깥에서도 무소불위의 권력자였다.

이들은 귀족적 의식에 가득 찬 부류답게 당시의 소드 마스터를 한낱 이름 없는 소국 가문의 동양인 출신이라며 무시했다고 한다. 한편으로는 그런 차원을 넘어 소드 마스터를 대놓고 핍박했단 소문도 있었지만 현재에 와서는 헛소문이라 치부되고 있었다. 빌더버그 그룹이 비록 소드 마스터와 부딪치긴 했어도 무난히 재기에 성공했기 때문이었다.

소드 마스터는 등장하자마자 단시일에 세계를 휩쓴 인물이었다. 그는 광폭한 야수였고 일단 상대의 적의를 확인하면 두 번 다시 덤벼들지 못하도록 무자비하게 물어뜯는 난폭자였다.

그를 핍박하고도 무사한 조직이 단 하나라도 있었다면 세계의 조직들이 이토록 소드 마스터에 벌벌 떨지는 않았을 것이다.

어쨌든 그를 무시한 명가의 자제들은 어떤 면에서는 행운아라 불리기도 했다. 세계 최강자에게 먼저 시비를 걸었다는 타이틀을 얻을 수 있었기 때문이다.

물론 반쯤은 희롱 섞인 타이틀이었다.

멍청하게 달리는 빌더들!

그런 면에서 볼 때 줄리아는 이 타이틀에 얽힌 내막을 비교적 자세히 알고 있는 몇 안 되는 인물이었다.

멍청한 빌더들이 비교적 무사할 수 있었던 이유? 조직의 극비 문서는 이렇게 기록하고 있었다.

소드 마스터의 성장기라고……

권력의 습성은 단순한 면이 있어, 권력을 휘두를 때 끝없이 재고 또 재지만 반항치 못할 상대에게는 무척 잔인하고 대범해진다.

당시의 빌더버그 그룹이 그와 같았다.

소드 마스터에게 덤벼든 자제들이 순차적으로 박살 났고 그들이 끌고 들어온 권력의 힘이 눈덩이처럼 커지길 반복했다.

권력은 온갖 종류의 협잡과 음모로 소드 마스터를 공격했고 이때마다 소드 마스터는 진화했다.

힘으로 다른 조직을 굴복시켜 협잡을 막았고, 최악의 암살자가 되어 음모의 중추를 말살시켰다. 그러다 어느 순간부터는 빌더버그 그룹 전체가 사활을 걸고 덤벼도 상대가 되지 못할 지경에 이르렀다.

빌더버그 그룹의 수뇌부가 이를 깨닫기까지는 실로 혹독한 대가를 치러야만 했다.

유럽을 아우르는 막강한 권력이 형편없이 축소됐고 비밀리에 키운 숱한 무력이 무용지물로 전락했다.

문득 줄리아는 아버지의 배반을 부축이던 때를 떠올리며 말했다.

"빌더가 그나마 살아남은 이유가 뭔지 말해줄까요? 그의 직접적인 적은 이미 몰락했기 때문이에요. 우리와 같죠."

그랬다.

애초 소드 마스터의 심기를 건드렸던 명가의 자제들은 가문과 함께 몰락했던 것이다. 빌더버그 그룹은 연합 형식의 조직이기에 최강의 적을 불러온 그들을 그냥 내버려둘 만큼 강한 의리로 묶여 있지 않았다. 하지만 그 덕에 살아남을 수 있었다. 임포메이션 퀀텀도 같은 경우였다.

소드 마스터의 주적인 전대 치글러를 자체적으로 처결함으로써 그의 관용을 얻어냈다.

줄리아는 이 모든 사실을 조금의 가감도 없이 설명하고 이를 토대로 협박에 가까운 강조를 반복했다.

"그는 최강의 검이면서 방패예요. 누구도 그를 이길 수 없어요. 숨는 것도 불가능해요. 원리는 밝혀지지 않았지만 한 번 그의 이목에 잡힌 사람은 세상 어디에 숨어도 발각되니까요. 우리 퀀텀 조직도 불과 1년이 안 되서 굴복했으니 말 다한 거죠. 이제 이해가 되나요? 내가 왜 그에게 조심스럽고 발롱 당신에게 왜 이런 설명을 하고 있는지 말이에요."

"이해했다."

줄리아는 자신도 모르게 눈을 치떴다. 민망하게 느껴질 만큼 발롱의 수긍이 쉬운 탓이었다. 하지만 그녀는 이내 안도 섞인 미소를 발롱에게 지어 보였다.

"고마워요."

멈춰 있던 발롱의 후드가 사락거리며 물러나기 시작했다. 때문에 줄리아는 느끼지 못했다, 후드를 타고 서서히 피어오르는 강렬한 살기를.

'너는 내게 이름을 준 자, 나는 너의 바람을 저버리지 못한다. 그러나 너는 알지 못한다, 내 안에 나를 만든 자의 욕망도 남아 있음을.'

CHAPTER **08**
펠컨 킹덤의 파티

Seorin's
Sword

평소 2층 바텐 홀을 찾는 세븐 클래스들은 별다른 행사가 없다면 좌석을 구분하지 않고 어울리는 게 보통이었다. 귀족적 의식에 물든 것과 현대의 생활관은 분명한 구별점이 있는 것이다.

그러나 오늘 같은 행사에는 특별하게도 행사의 주인공이 나와 직접 바텐 홀의 상층 계단에 서서 인사를 하는데, 비교적 비중이 큰 집안이 주최하면 대부분 그랬다.

물론 세븐 클래스의 추종자들은 감히 그 인사를 받지 못하고 먼저 허리를 숙임으로써 자신의 위치를 알리는 게 보통이었다.

이는 이곳의 주인인 킹덤 타워 측에서 일부러 조장하고 권장하는 형식이기에 거리끼거나 민망할 것도 없었다.

이런 고위 집안 자제의 행사 날에는 그야말로 철저한 보안과 통과 절차가 적용된다고 할 수 있는데, 지금의 강서린과 그 일행이 바로 그랬다.

각기 네 명의 바텐들은 실시간으로 전송된 비밀 메시지를 읽고 경악에 빠진 몰골이었다.

─엠페러 입실.

간략한 메시지지만 그 안에 담긴 내용은 임페리얼 퀀텀 1급 조직원인 그들로도 도무지 어찌할 바를 모르게 만들었다.

때문에 본래 같으면 입실이 허용되지 않는 김기태가 기어오듯이 들어와도 제지하며 나설 수 없었다.

강서린은 지금 세븐 클래스로 대두되는 각기 네 부류와 그들의 추종자들로부터 눈총을 받고 있었다. 이인혜와 유한나, 임지영은 조금 떨어진 뒤쪽에 서서 긴장한 얼굴을 하고 있었고, 오직 철우만이 그의 옆에 있었다.

"뭐야? 이 새끼야!"

김태수는 울면서 기어오는 김기태를 향해 버럭 욕설을 내

질렀다. 그는 지금 너무 황당하고 어이가 없어 욕 밖에 나오지 않았다. 그의 고성에 잠시 동안 팽배했던 적막이 깨졌다.

다른 인물들은 금빛 파벌의 자칭 황태자인 김태수 패거리 중 한 명의 거지 같은 몰골에 인상을 쓰면서도 이채 어린 눈빛을 했다. 묘한 분위기가 형성됐다.

물론 자신에게 향한 이런 분위기를 모를 정도로 소탈한 김태수가 아니었다. 미치도록 화가 났고 볼이 푸들거릴 정도로 격양됐다.

"이이!"

"태, 태수야!"

김기태는 마치 사신을 피하는 도망자처럼 김태수의 바짓가랑이를 붙들었다.

"허!"

주위에서 신음 같은 소리들이 흘러나왔다. 허락도 없이 2층에 올라온 것도 충격적인데, 추종자 따위가 세븐 클래스의 바짓가랑이를 붙들고 늘어진다?

한동안 안주거리로 회자될 만큼 흥미로운 광경이었다.

"이 새끼가 죽을 라고!"

퍽, 하는 소리와 함께 김태수의 발길질에 맞은 김기태가 턱을 잡고 뒹굴었다.

"아아악!"

비명이 터졌지만 정작 김태수의 얼굴은 마치 악귀처럼 일그러져갔다. 그는 누구보다 스스로를 귀족이라 자부하는 인물이었다. 아무리 충성을 바치는 개라고 해도 눈에 거슬리면 결코 가만둘 만큼 자비로운 성격이 아니었다.

"버러지 같은 새끼가 감히!"

막 김태수의 발길질이 시작되려는 찰나, 느닷없이 파고드는 소음이 있었다.

짝짝!

철우는 빙글빙글 웃으면서 박수를 쳤고 갑작스런 소란에 정신이 팔려 있던 주위 인물들이 다시금 일행 쪽으로 시야를 돌렸다.

"여어, 우리 구면이지? 또 보니까 진짜 반갑다!"

철우는 그 큰 목소리로 정말 친한 친구를 만난 것처럼 손까지 흔들었다. 정말이지 해맑은 표정을 짓는 정체불명의 거구였다.

"뭐, 뭐야?"

김태수는 혼동에 휩싸인 듯했다. 주위의 다른 세븐 클래스와 달리, 그는 자신에게 기어오던 김기태의 몰골에 처음부터 정신이 팔려 있었다. 그래서 치솟는 분노부터 먼저 해소하려 한 것이다.

그런데 누가 끼어든 거지? 누가 내게 아는 척을? 누가 감히?

이런 의미의 눈빛이 담긴 김태수의 동공이 철우에게 향했다. 그러더니 그의 뇌리에 장난처럼 겹쳐지는 광경이 있었다.

'줄리아나?'

김태수는 속으로 그렇게 대뇌면서 약간 멍해진 눈으로 철우와 그 주변을 훑었다. 퀸카 이인혜와 그 친구들의 얼굴이 보였다.

그러거나 말거나 철우는 자신의 역할을 위해 성큼 앞으로 나섰다.

"자자, 간단히 말씀드리면 여기 이 대왕 양아치가 우리 언니야들을 협박해서 끌고 갔다, 이 말이죠. 아! 물론 돈지랄하고 백 지랄하면 무슨 짓인들 몬하것습니까?"

철우가 자신의 가슴을 치는 시늉을 하며 큰 턱을 주억댔다.

"헛헛, 다 이해한당께요. 개 같은 짓을 마구 해도 뒤탈없는 건 막말로 태어나길 그렇게 태어났는데 우짜겠습니까? 이게 다 그놈의 뽑기 운 때문입죠. 뭐, 아닌 분들은 말고! 뭐 아무튼 저기 뽑기 운만 더럽게 좋고 하는 짓은 개 같은 대왕 양아치가 지같이 몸뚱이만 튼실한 놈한테 개 같은 짓을 했는데 지로서 우짜겠습니까?"

마치 어릿광대의 희곡을 보는 것 같은 장면이다. 그러나 아무도 웃는 사람이 없었다. 이들은 자타가 공인하는 최상류층 젊은이들답게 말장난 같은 내용에 담긴 신랄한 비판을 알아들은 것이다. 그러나 웃지는 못해도 분위기가 크게 달라지고 있었다.

진정한 귀족인 세븐 클래스 카드의 주인들은 약간 거북스런 표정으로 철우를 보았다.

중앙의 추종자들은 놀라움과 경악, 그리고 거친 기색으로 서로를 돌아봤다.

분명한 건, 지금 벌어진 상황의 연유가 밝혀졌다는 것이다. 힘이 있다는 건 무슨 짓을 해도 뒤탈없이 처리할 수 있단 의미였고 일이 지저분해져 소문이라도 돌면 당사자를 비웃는 게 상류층의 생리였다. 그런데 지금, 그런 상류층 중에서도 황태자를 자처하던 인물이 순식간에 돈지랄 백 지랄 해서 여자나 끌고 온 파렴치한으로 내몰렸다.

김태수는 새파랗게 질린 얼굴로 부들부들 떨었다.

"으으으, 네놈, 네놈이!"

김태수가 참지 못하고 입을 열자 철우는 기다렸다는 듯이 팔짱을 끼면서 비웃듯 말했다.

"그러니까 이 대왕 양아치야. 이제부터 너에게 정의로운 웅징을 선물로 주마."

김태수의 동공이 벌어졌다. 이제 퀸카 따위는 눈에 들어오지도 않았다. 진정한 황태자로 등극하기 직전이었다. 그의 기막힘과 분노가 극에 달했다. 그러자 김태수는 이성을 잃은 듯 오히려 이마를 붙잡은 채 괴이한 웃음을 흘렸다.

"크흐흐흐, 이 내가! 나 김태수가……!"

세븐 클래스의 소유자들은 이 황당한 사태에 할 말을 잃은 듯 입을 다물고 지켜보다가 김태수의 상태가 심상치 않게 변하자 서로 옆 사람의 얼굴을 보며 뭐라고 중얼거리기 시작했다.

세븐 클래스들 중에서도 다섯 손가락 안에 드는 재벌 2세인 천하의 김태수가 미친개에게 물려 개망신을 당한 것이다.

엇비슷한 귀족적 성향을 갖고 있기에 이들 대부분은 예감하는 눈치였다. 이제부터 모든 소란과 뒤탈을 무시한 김태수의 끔찍한 보복이 시작될 것이란 걸.

오죽하면 사소한 일에도 애완견처럼 굴던 중앙의 추종자들마저 팽팽하게 차오르는 김태수의 살기에 가볍게 몸을 떨며 그의 눈치만 살필 정도였다.

강서린은 철우를 향해 광기와 독기를 뿜어대는 김태수를 보고 있었다.

그의 건조할 만큼 미동 없던 입매가 슬쩍 올라갔다. 이제부터 이런 족속이 할 만한 짓은 뻔했다.

과거에도 그랬지만 수십억 인구에 군림하는 돈과 권력의 힘은 절대적인 것이고, 특히 스스로 만든 게 아니라 집안을 배경으로 둔 채 그 혜택을 받는 족속은 치외법권이라 해도 과언이 아닐 정도의 망종을 부리곤 했다.

이제는 아무도 자신의 앞에서 그와 같은 힘을 내세우지 않지만, 과거 검을 들고 명성을 얻기 시작했을 때에는 수많은 상대가 돈과 권력 등, 인간 위에 군림하는 힘으로 자신을 누르려 했었다.

그런 자들에게 강서린이 보여준 것은 생명체가 가진 단 하나의 한계였다. 죽음을 맛보여주면 어떤 종류의 힘도 반항하지 못한다는 것이었다. 무슨 신분을 가졌던 간에.

"서이창… 지금 당장 저 새끼를 반쯤 죽여서 내 앞에 끌고 와라. 뒷일은 내가 책임진다. 누구라도 너를 말리면 우리 일성에서 가만있지 않을 것이다!"

김태수는 모두에게 들으란 듯이 크게 외쳤다. 한낱 추종자 주제에 모두가 보는 앞에서, 그것도 이 세븐 클래스의 공간에서 폭력을 휘두르는 건 평상시라면 있을 수 없는 일이었다. 그런데 김태수가 일성 운운하면서 이야기가 달라졌다.

같은 세븐 클래스라 해도 저렇게까지 나오는 김태수의 일에 끼어들어 일성과 척을 질 이유는 없었다. 또 입장을 바꿔 자신들이 김태수라 해도 지금 당장 뭘 어쩌지 않으면 쪽팔려서 죽고 싶을 테니까.

철우는 어깨를 으쓱했다. 이 정도쯤은 예상했던 반응이다. 그리고 이제는 물러나야 할 차례였다.

"흐훗, 간이 부었구나."

비릿한 웃음소리와 함께 뱀의 눈을 한 서이창이 건들거리면서 김태수의 앞에 섰다. 그는 진성 무도회 대사범의 아들로 김태수의 보디가드 격인 인물이라 알려져 있지만, 실상은 신용회라는 폭력 조직의 후계자였다.

일성이 건설업을 하던 시절부터 상부상조하던 신용회는 일성과 같이 급격히 커지면서 현재는 전국 폭력 조직 가운데 세 손가락에 꼽히고 있었다.

"자식, 무섭네."

철우는 슬쩍 입맛을 다시며 강서린의 뒤로 물러났다. 위험한 냄새를 맡은 것이다. 자신이 아무리 싸움을 잘해도 상대는 전문적으로 폭력을 휘둘러온 티가 좔좔 흐르고 있었다.

강서린은 재빨리 상황을 파악하는 철우를 보며 미미하게 고개를 끄덕였다.

'적당히 가르쳐야겠군.'

주제를 파악하고 치고 빠질 줄 아는 것도 훌륭한 재능이었다. 특히 전투에 있어서라면 어중간한 재능보다 훨씬 나았다.

이런 생각을 하며 강서린은 천천히 앞으로 나섰다.

서이창은 그런 강서린을 보더니 눈을 부라리면서 우악스럽게 주먹을 들었다.

"큭! 덩치 큰 곰 같은 새끼가 뭐 이런 비실한 새끼 뒤에……."

그는 자신의 비웃음 섞인 말을 채 다하지 못했다. 돌연 온몸의 힘이 쭉 빠지는 것이다.

"허… 억……."

당황한 서이창은 뒷걸음질치려 했지만 강서린의 손아귀가 장난처럼 그의 먹살을 쥐더니 움켜쥔 다음 들어올렸다.

그러면서 조용히 말했다.

"피 맛을 아는 놈이군. 나는 너 같은 놈을 적당히 끝낸 적이 없다. 하필 내 손에 걸린 게 네놈의 불행이다."

서이창은 강서린의 차가운 눈을 볼 수 있었다. 그 순간, 폭력 조직의 후계자로써 겪었던 모든 경험이 사라졌다. 오금이 저리는 공포로 인해 그의 얼굴이 하얗게 탈색되어 갔다.

"자… 잠깐만……!"

"죽이지는 않는다. 단, 차라리 죽기를 바랄지도 모르겠군."

강서린은 필사적으로 입을 벌리는 상대를 무시하며 자신의 말이 끝남과 동시에 주먹으로 아랫배를 쳐 버렸다.

퍽! 하는 소리와 함께 서이창은 입에 거품을 물면서 쓰러졌고, 강서린은 그를 발로 차버렸다.

그의 일행을 제외한 지켜보던 모든 이들의 턱이 힘없이 벌어졌다. 불과 몇 개월 전, 조폭 서넛도 갈아버렸다고 소문난 김태수의 사냥개가 쓰레기처럼 주인 앞으로 날아간다.

상식적으로 이해가 되지 않는 상황이었다.

그런데 이게 끝이 아니었다.

저벅저벅, 너무도 태연하게 강서린의 발이 김태수 쪽으로 움직였다. 2층이 넓다고 해도 기껏해야 십여 미터 거리.

모두가 놀라서 설마, 하는 표정으로 그를 보았다.

여기서? 이 자리에서? 제아무리 싸움을 잘해도?

미치지 않은 이상에야 상류층의 전유물인 이곳 펠컨 킹덤에서 그것도 최고 귀족으로 군림하는 세븐 클래스에게 덤빈다는 건 상상조차 하기 힘든 것이다.

그런데……

강서린은 망설임이 없었다.

쓰레기처럼 날아온 서이창을 받은 건 김태수가 아니라 최태국이었다. 그는 황태자의 혓바닥이자 그룹의 2인자답게 서이창보다 한 발 앞서 나와 있었다.

황태자가 워낙 분노해서 말을 아꼈지만, 서이창이 나설 때만 해도 어떤 방법으로 가장 잔인하게 귀족의 위엄을 알릴까, 또 황태자의 구미를 맞출까 염두를 굴리는 중이었다.

그런데 웬만한 격투 선수도 피바다로 만들어 버리는 서이창이 개처럼 얻어맞아 실신했다.

가장 가까이에서 피거품을 문 서이창의 몰골을 보는 터라 최태국이 느끼는 공포도 즉각적이었다.

"가, 가까이 오지마!"

물론 이런 말에 걸음을 멈출 강서린이 아니었다.

퍽!

장난 같은 귀싸대기가 날아갔고 최태국의 고개가 팩하고 돌아가다가 몸통마저 돌더니 그대로 꼬꾸라졌다. 어찌 보면 서이창보다 못한, 진짜 개보다 못하게 처맞은 자세였다.

그에게 유일한 위안이라면 뒤에서 소리치는 철우의 목소리가 조금 늦었단 사실 정도일까?

"대장! 아까 대왕 시방새 밑 닦아 준 꼬붕 시방새가 그놈이라고요!"

*　　　*　　　*

"크으윽!"

김태수의 동공에 핏발이 돋아났다. 그는 자신이 귀족이란 의식을 하는 순간부터 거슬리는 게 있으면 바로 해소했지, 지금처럼 콱 막힌 스트레스에 시달린 적이 없었다.

이게 바로 그와 최태국의 다른 점이었다. 같은 귀족적 성향을 자랑한다 해도 다른 귀족을 개처럼 부리냐, 혹은 개가 되냐에 따라 발작적인 태도 역시 달라지는 것이다.

"크아아! 이 비천한 년 놈들이! 다들 뭐하는 거야? 자격도 안 되는 너저분한 것들이 여기까지 기어들어 왔는데 뭐하는 거냐고!"

독기마저 서린 김태수의 고성에 멀찍이 떨어져 서성이던 호텔리어들과 계단 바깥에서 대기 중이던 경호 직원들이 달려왔다.

그들 역시 상황을 보고 있었고, 본래대로라면 한참이나 늦게 개입한 것이었다.

말하자면 느닷없는 등장한 손님이 킹덤 타워의 회장과 같은 등급의 카드를 소지했단 사실 탓인데, 이른바 급이 다른 것이다. 말 한마디 던지면 여기 있는 모든 자들을 쫓아낼 정도로!

즉, 김태수는 자기 스스로 무덤을 판 격이었다.

만일 잠시 뒤에 세븐 클래스 중 누군가 나서지 않았다면 굳이 강서린의 명령이 없어도 직원들 스스로 김태수를 끌어냈을 것이다.

"조용히 끌어내십시오. 태수 너도 일단 진정하고. 자존심이 상한 건 알겠는데 여기서 이럴 필요는 없잖아? 이제 입장할 시간이 다 된 걸 알아야지."

젊잖게 입을 연 사람은 정치 파벌의 차기 실세, 이민호였다. 아직 나이가 어려 크게 나서는 편은 아니지만 그는 공공연히 김태수와 더불어 황태자의 호칭을 양분할 만큼 막강한 배경을 가지고 있었다.

3대째 국회위원을 배출한 집안으로서 그의 부친은 머지않아 국회 의장의 자리에 앉을 것으로 확실시되는 인물이었다. 게다가 얼굴도 준수했고 매너도 좋아 다른 파벌들의 세븐 클래스들과도 두터운 친분을 자랑했다. 그야말로 정치계의 세도가이자 황태자인 셈이다.

때문에 평상시의 김태수라면 자신과 동급으로 불리는 이민호의 말에 어느 정도 흥분을 가라앉혔을 것이다.

그런데 지금은 눈에 뵈는 게 없을 정도로 흥분한 그였다.

혈압이 올라 쓰러지지 않는 게 신기할 정도로 김태수의 몸이 덜덜 떨렸다.

"이, 익. 웃기지마! 내가 이 연놈들을 그냥 둘 것 같아? 경찰 불러! 당장 저 천것들을 처넣으란 말이야!"

지금 김태수의 머릿속엔, 자신에게 망신을 준 평민들을 당장 찢어죽이리란 생각만이 가득 차 있었다.

이민호는 살짝 인상을 썼다가 풀었다.

"멍청한 놈."

발광 수준으로 미친 재벌 2세를 상대할 만큼 그는 어리석은 인물이 아니었다. 나직이 중얼거린 그는 본래의 정중한 태도로 직원들에게 말했다.

"태수의 말이 아니더라도 법에 저촉되는 사건인 건 분명한 것 같습니다. 저자의 손에 두 명이나 크게 다쳤으니까요. 그럼 킹덤 타워의 뒤처리를 기대하겠습니다."

'과연 다를 게 없군.'

강서린은 개인과 집단의 성격차를 다양한 방면으로 경험해왔다. 자비와 관용, 절제와 용서를 아는 자도 다수에 섞이면 전혀 다른 인간이 되어 버린다. 때문에 개인이 상대일 경우 적당한 여지를 두기도 하지만, 집단을 상대할 때는 자신의 원칙을 고수하는 그였다.

그렇다면 자신도 생각대로 해야 할 것이다. 지금까지는 아주 약간이나마 신경 쓰는 부분이 있었다. 부모란 존재를 같은 하늘에 둔 땅이란 게 바로 그것이었다.

강서린은 태연히 서서 오만한 시선들이 자신을 둘러싸는 것을 보고만 있었다.

뒤에 있던 이인혜 등이 서로의 손을 꾹 잡았다. 그녀들은 적어도 이런 일을 생각해 보지 못한 것 같았다.

철우는 아리송한 표정을 지으며 킹덤 타워의 직원들을 훑어보았다. 마치 뭔가를 기대하는 얼굴이었다.

강서린은 이 자리에서 자신의 성미대로 일을 처리할까 아니면 거슬리는 자들만 조용히 끌고 나가 손봐줄까 하고 잠시 고민했다. 그러다가 곧 생각을 정리했다. 킹덤 타워는 이미 자신의 것이나 마찬가지였다.

'무슨 짓을 해서든 뒤처리할 능력이 되는 것들이지. 일단 반쯤 죽이고 나서 내키는 대로 하는 게 좋겠군.'

강서린은 생각을 굳히고 천천히 손아귀를 들어올렸다. 직원들이 그 모습을 보고는 가까이 가기는커녕, 오히려 긴장한 태도로 급급히 물러났다.

김태수와 이민호 등 앞선 자들 또한 알 수 없는 위압감에 할 말을 잃고 눈을 크게 떴다.

뭔가 일촉즉발의 상황이 벌어지려 하고 있었다. 다른 인물들도 놀란 눈으로 그쪽을 보며 시선을 떼지 못하고 있었다.

그러나 그 순간, 갑자기 상층 난간을 타고 누군가의 목소리가
들려왔다.

"백아영 아가씨께서 드십니다!"

3층 홀 입구에서 인명부를 파악하는 호텔리어의 외침이었
다. 청년들은 급히 3층으로 가는 계단 쪽으로 시선을 돌렸다.
그러자 정면에 나섰던 직원들은 그 사이를 틈타 기다렸다는
듯이 뒷걸음질쳤다.

흥분해 있던 김태수도 예외는 아니었다. 이곳에서 당한
망신과는 별개로 백아영은 그의 최종 목적이었다. 그녀의 앞
에서까지 망신살이 뻗을 수는 없었다. 마치 찬 물을 들이켠
것처럼 번뜩 정신을 차린 그가 급급한 표정으로 위를 보았
다.

"어떻게 할까요? 판이 영 이상하게 돌아가지 말입니다."

철우가 작은 목소리로 강서린에게 속삭였다. 줄리아나에
서의 일과 전혀 상관없는 사람들이 속출하는 탓이었다.

"저기, 그냥 우리끼리 나가요. 네?"

철우의 옆에 있던 임지영이 말했다. 그녀는 무척 불안한 얼
굴을 하고 있었다. 사실 경찰이 와서 폭행죄를 운운하면 철우
일행의 편을 들려고 했던 그녀들이었다. 그런데 돌아가는 분
위기를 보니 편을 들고 진술해 준다고 해도 먹혀들지 않을 것
만 같았다.

자신도 친구 임지영처럼 뭔가를 말하려던 이인혜는 강서
린의 나직한 어조에 입만 벌리고 아무런 말도 하지 못했다.

　"아……."

　"재미있군."

　그는 차분하다 못해 다른 세상에 사는 것처럼 여유로워 보
이기까지 했다. 이 모습을 본 철우는 어깨를 으쓱하며 그의
옆에 버티고 섰고 이해하기 힘들 정도로 태연한 두 사람의 태
도에 이인혜와 임지영, 유한나는 그저 보고만 있을 수밖에 없
었다.

　이윽고 오늘의 주인공이자 명실이 황녀로 인정받는 백아
영이 나타났다. 강미희와 송선미, 네 명의 여성 경호원이 그
녀의 뒤를 따르고 있었다. 간혹 주최 측의 주인공이 세븐 클
래스의 바에 와서 미리 인사를 하고 올라가는 경우는 있었지
만, 백아영은 굳이 그럴 필요도 없을 만큼 같은 세븐 클래스
내에서도 독보적인 존재감을 자랑하는 여자였다. 때문에 갑
작스런 그녀의 등장은 여러 사람이 고개를 갸웃거릴 만큼 이
례적이었다.

　"무슨 일인가요? 감히 본 백석 그룹의 행사에 경찰이라니
요?"

　마치 여신 같은 분위기를 풍기며 계단 중간에 선 백아영은
아래를 한 번 둘러보더니 차분하지만 위엄있는 목소리로 말

했다.

올해 스물세 살의 백아영은 지난 1년 동안 몸이 아파 두문분출 했다는 소문을 무색케 할 만큼 화려하고 아름다워 보였다.

또한 과연 거대 그룹의 후계자이자 젊은 층 최고의 인재라는 평가답게 말 몇 마디로 단숨에 2층을 휘어잡는 그녀였다.

좀 전에 1층 플라워 라운지의 소란에 대해서 들은 그녀는 일부러 경호원마저 대동한 채 아래로 내려왔다.

특별히 준비한 생일 연회에서 좋지 않은 소문이 퍼지면 자신의 체면이 손상되기 때문에 결코 무시하고 넘기 수 있는 내용이 아니었다.

"아영아! 하하, 건강해 보여서 다행이다. 그건 그렇고 네가 무슨 소리를 들었나본데 별거 아니니까 신경 쓰지 말고 올라가자."

이민호가 급히 웃는 얼굴을 하며 목소리를 높였다. 나름 남자답게 나서려고 한 모양새지만 백아영의 표정은 달라지지 않았다. 오히려 백아영은 실신해 있는 김기태와 서이창 쪽으로 손짓하면서 더욱 차가운 어조를 흘리고 있었다.

"저 사람들은 왜 저러고 있죠?"

그러고는 김태수에게 시선을 돌리더니 고운 아미를 모은 채 되물었다.

"저 사람들, 당신 친구들 아닌가요? 당신이 지금 일성의 힘을 믿고 제 생일 연회를 훼방 놓으려 한 건가요?"

백아영이 노골적으로 일성을 언급했다. 김태수는 반쯤 황태자로 불리긴 했지만 말 그대로 '자칭'에 불과했다. 진정한 황녀의 영향력과는 비교조차 불허하는 것이다.

꿀꺽―

누군가가 참지 못하고 침을 삼키는 소리가 들렸다. 그 누구도 감히 입을 열어 말하지 못했다.

김태수는 터지는 욕설을 목구멍 안으로 가까스로 삼키며 억지웃음을 지었다.

'이런 개 같은! 어린년이!'

이가 갈릴 정도로 자존심에 상처를 입었지만 그는 바보가 아니었다. 백아영이 자신과 같은 재벌 2세라고 해도 확정된 후계자인 것이다. 또한 그녀의 집안인 백석 그룹은 재계 서열에서도 다른 서열들과 차원이 다르다는 5대 거대 그룹 중 하나였다.

김태수는 비굴하다 싶을 정도의 웃음에 최대한의 정중함을 더했다.

"아영 씨, 뭔가 오해하셨군요. 제 친구들은 아영 씨 생일을 축하해 주려고 조용히 기다리고 있었습니다. 그런데 저기 있는 저자들이 난입해 여자 문제를 들먹이며 시비를 걸더니 그만……."

"그만 뭔가요?"

노골적으로 되묻는 백아영의 목소리에 김태수는 순간적으로 할 말을 잃었다. 보통 이쯤 대답하면 상대의 체면을 봐서라도 조용히 넘어가는 게 상류층의 예의였다. 그런 의미에서 백아영의 태도는 그를 무시하는 처신이나 마찬가지였다. 그렇다고 평소처럼 막나갈 수는 없는 노릇이었다.

김태수는 진심 어린 눈길을 가장한 채 백아영을 보았다. 아름다운 얼굴이었다. 그는 내심 억눌렀던 욕망이 꿈틀거림을 느꼈다. 이미 백아영을 알게 된 순간부터 심대한 욕망에 사로잡힌 그였다.

바로 그룹의 후계자가 될 수 있다는 욕망!

백아영을 잡으면 이 욕망이 현실이 될 수 있었다. 게다가 잘만 하면 자신의 집안인 일성 따위는 비교도 안 되는 백석 그룹의 힘을 등에 업을 수도 있었다.

지금까지 한 번도 자신이 원해서 가지지 못한 여자가 없던 그는 백아영이 칩거하는 바람에 어쩔 수 없이 기다렸던 지난 1년 동안 오늘 같은 계기만을 기대하고 있었다.

그러니 그답지 않은 가식으로 포장하는 것쯤은 얼마든지

할 수 있는 일이었다.

"친구들을 대신해서 아영 씨께 정중히 사과드립니다. 하지만 이거 하나만 알아주십시오. 제 친구들은 저자들에게 맞기만 했습니다."

'크큭, 이인혜 저년도 그랬지. 다른 년들도 마찬가지라고. 네년이라고 별 수 있을 것 같아?

숫한 여자를 상대해봤던 김태수의 내심이었다.

2층의 인물들이 조금 놀랍다는 눈빛으로 그를 보았다. 반쯤 미쳐 보이던 좀 전과 비교하면 속된 말로 변신 수준이었다.

그러자 여자들 사이에서 멋지다는 수군거림이 일었다. 백아영을 상대하는 김태수의 태도가 여자를 대하는 매너 섞인 절제로 비춰지며 의외의 어필을 한 것이다.

이에 비해 백아영은 여전히 차가운 눈빛이었다. 잠시 말이 없던 그녀는 차분한 걸음걸이로 계단을 내려왔다.

강서린은 자신의 앞에 직선으로 선 백아영을 약간 흥미로운 눈길로 바라보았다.

'예외로군.'

개인이면서 전체에 휩쓸리지 않고 시야를 넓게 보는 인물. 이런 성정을 가진 자들은 아주 크게 되거나 일찌감치 제거되곤 했다. 드물지만 간혹 이런 자들이 있는 조직은 그를 곤란하게 했고 지금 가만히 있는 이유도 다르지 않았다.

"두 번째 뵙네요. 죄송하지만 사실 관계를 여쭐 수 있을 까요?"

무슨 이유에서인지 그녀는 초면이 아니란 점을 언급하면서 강서린에게 접근했다.

"무슨!"

마치 중립적인 입장에서 상대의 해명도 듣는다는 듯 나서는 그녀의 행동에 김태수가 얼굴을 붉히며 나섰다. 그러나 백아영의 차가운 눈초리에 곧바로 이를 악물며 물러나야 했다.

강서린은 느릿하게 입을 열었다. 변명하는 거 같아 구미에 맞지 않았지만 개인의 정중함은 사람으로 대해주는 게 그의 또 다른 원칙이었다.

"저자들이 내 여자들을 강제로 데려갔다고 하더군요."

"여자들을요? 그럼 저분들이?"

약간 놀란 것처럼 보이는 백아영의 눈빛이 이인혜 일행에게 닿았다.

강서린의 말소리가 이어졌다.

"이곳에 있기 전에 같이 술을 마시던 일행입니다."

끄덕.

이인혜 등이 조심스럽게 고개를 끄덕여 보였다.

백아영은 경멸이 담긴 눈으로 김태수를 보았다. 더 이상 듣지 않아도 어떻게 돌아간 상황인지 알 것 같았다. 집안의 힘을 믿고 여자를 강제하는 건 정말이지 파렴치한 짓이라고 할 수 있었다. 같은 여자로써 경멸의 감정이 드는 것이 당연했다.

그러자 김태수는 강서린을 노려보며 이를 갈았다. 설마하니 평민 따위가 끌려 나가기 직전인 상황까지 갔는데도 이렇게나 막 나갈 줄은 꿈에도 생각하지 못했다.

김태수는 최대한의 인내심을 발휘하며 매너있게 수긍하는 얼굴을 했다.

"아무래도 친구들이 파트너를 데려오는 데 실수가 있었던 모양입니다. 여성분들께는 제가 대신 사과드리겠습니다. 하지만 저자가 한 짓은 엄연히 폭행입니다. 아영 씨께서 신경 쓰시지 않도록 조용히 처리하겠습니다."

얼핏 들으면 백아영을 높이고 배려하는 말 같았다. 그러면서도 친구들이 폭행당했는데 가만있을 수는 없다는 남자다움도 느껴졌다. 하지만 가만히 따져 보면 친구들의 행패는 말 몇 마디로 덮고 자신의 체면을 살리려고 하는 내용이었다.

최대한 백아영의 기분을 맞추려고 말을 돌려했지만 이미

당한 망신살을 무마하려면 어떻게든 상대를 나락으로 떨어뜨려야 하는 게 김태수의 입장이었다.

"그런가요."

백아영은 보일 듯 말 듯 고개를 끄덕였다. 사정을 듣고 보니 이 이름 모를 사내의 심정도 알 것 같았다. 그러나 법으로 따지자면 김태수의 말이 옳았다.

여자를 강제해 데려왔다는 건 도덕적 문제가 되기는 하지만 물리적으로 어떻게 했다는 증거가 없는 이상 죄를 물기는 힘들었다. 이에 반해 폭행죄는 아직도 정신을 못 차리고 있는 서이창과 심태국 등 증거가 차고 넘쳤다.

그나마 벌금을 물거나 합의를 해서 풀기에는 상대가 재벌 2세였다.

연회의 주최자인 자신의 입장을 피력해 사내의 편을 들어주고 싶었으나 그것도 어느 정도였다. 여기서 더 이상 김태수를 무시하면 다른 이들의 반발을 살 우려도 있었다.

백아영은 신중하게 생각했다.

다른 경우 같으면 가문의 후계자로써 단호하게 돌아섰을 테지만 왠지 모르게 가슴에 걸리는 사실이 있었다.

'분명 킹덤 타워의 사장이 저 사람에게 쩔쩔 매는 것 같았어.'

앞서 일면식도 없는 사내를 대상으로 호텔리어에게 사내

의 초청인을 자처한 연유가 무엇인가.

비록 영국에 있다는 본사 최고 책임자는 아니더라도 마음만 먹으면 몇몇 가문쯤은 순식간에 격상시키고 혹은 따돌릴 수 있는 위치가 킹덤 타워의 사장이란 신분이었다.

즉, 상류 계층의 공간을 책임지고 있기에 그만의 특별한, 일종의 브로커적인 입김을 발휘할 수 있는 것이다.

단지 대부분의 손님들은 서비스업의 특성상 대접을 받는 위치기에 이런 사실을 간과하는 것이고 철이 들면서 가문과 그룹의 후계 수업을 받은 백아영은 그런 성향을 놓치지 않고 있었다.

그래서 쉽게 갈피를 잡기가 힘들었다.

그런데 그때, 백아영의 서너 발 뒤에 서 있던 경호원 중 한 명이 그녀의 귀에 대고 속삭였다.

"아가씨, 아무래도 저기 저자의 기세가 이상합니다."

백아영은 놀란 눈빛으로 경호원을 보았다. 경호원은 진신 무공을 익힌 달인, 고작해야 자신 또래의 사내를 보고 이런 말을 꺼낼 인물이 아니었다.

[설명해 보세요, 재공.]

백아영은 입술만 달싹였다. 내재된 기운을 활용한 전음입밀의 수법이다. 그러자 경호원, 재공은 그녀 외에는 아무도 들을 수 없게 같은 전음으로 답변했다.

[흔들림이 전혀 없습니다. 그야말로 시체가 아닌 이상에야 기복조차도 제 눈에 보이지 않는다는 건… 전설상의 자연체가 아니고서야… 그러나 저토록 어린 나이에 스승님도 이루지 못한 자연체의 경지라는 것도 말이 안 됩니다.]

"아……."

백아영은 자신도 모르게 작은 탄성을 흘렸다. 스포츠로 평가받는 현대의 무도와 달리, 진정한 무인이자 강자인 재공의 눈을 의심케 하는 사내. 어떻게 된 걸까. 그 이유까지는 몰라도 앞서 자신이 가진 관심처럼 뭔가가 있는 사내임은 분명하다는 느낌이 조금 더 확실해졌다.

백아영은 다시 이름도 모르는 사내를 보았다. 겉멋이 느껴지지 않는 외형, 무심한 자세, 그러면서도 이유를 알 수 없는 여유. 백아영은 문득 표현하기 힘든 매력을 그에게서 느꼈다.

지금껏 온갖 종류의 남자들을 봐왔지만 한 번도 이토록 인위적이지 않고 자연스러운 느낌을 받은 적이 없던 것 같다.

"아영아! 그만하고 안으로 들어가자. 저런 녀석하고 대화하느라 낭비할 시간이 없잖아? 우리 모두 어서 빨리 축하해 주고 싶다니까."

이민호가 참지 못하고 백아영을 재촉했다. 그는 부모끼리의 인연을 이용해 예전부터 그녀의 오빠를 자처하고 있었다. 김태수와 마찬가지로 오늘을 벼르고 있었던 그는 백아영이 이 따위 일에 관심을 보이느라 자신을 본척만척한다는 현실에 극도로 짜증이 나는 와중이었다.

백아영은 차마 무시하고 싶어도 보는 척을 해야 했다.

"알았어요."

솔직히 그녀 자신은 조금의 관심도 없는데 매번 볼 때마다 설레발치는 이민호가 꼴 보기 싫었다.

하지만 가문을 생각해서라도 어느 정도는 받아줘야 한다. 더 이상을 시간을 지체하기도 어려웠다.

백아영은 결심을 굳히고 좌중을 보며 말했다.

"불미스러운 일이 있었지만 여기 이분은 제 초청인입니다. 시시비비를 가려야 한다면……."

모두의 눈이 동그랗게 벌어졌다. 그러나 백아영은 아랑곳 않고 다음 말을 이어갔다.

"선미 언니, 이분들을 도와주세요. 원하면 제 이름을 대고 백석의 변호인단에 연락하셔도 되요."

쿵!

마치 돌덩어리 같은 심리적 충격이 순간적으로 사방을 휩쓸었다. 특히 김태수는 거의 얼빠진 몰골로 입을 벙긋거렸다.

그런 그를 향해 백아영이 차갑게 미소 지으며 덧붙였다.

"폭행죄? 호호, 강제 추행과 단순 폭행이 붙으면 누가 손해인지 볼 만할 거예요."

'때로는 가문보다 직감이 우선이기도 하니까.'

백아영이 다시 차분하게 변하는 눈빛으로 강서린을 보면서 되뇐 속내였다.

한편, 그녀를 인정해 어느 정도 여지를 주고 지켜보기만 하던 강서린은 검을 쥔 이례로 거의 처음이다 싶을 정도로 내심 쓴웃음을 지었다.

'예상외로군. 쥐새끼 몇 마리 밟으러 왔다가 여우를 만난 건가.'

그의 생각과는 많이 다른 결과였다. 아무리 여자가 개인으로 존중받을 만큼 시야가 넓다고 해도 여기서 편 들 사람은 자신이 아니었다. 그런데도 자신의 편을 들었다. 평소 이런 일에 대해서는 매우 간단히 처리해온 그였다.

그저 상대에 맞게 적절히 힘을 쓰면 된다. 다시 말해 본래 같으면 쥐새끼를 밟아버리고 끼어드는 또 다른 쥐새끼가 있으면 같이 밟아주고, 밟고 또 밟아서 다시는 기어오르지 못하도록 만들어주면 되는 일이었다.

그러나 지금 상황이 변해 버렸다. 웬 여자가 쥐새끼를 밟아야 할 타이밍을 막아버린 것이다. 그런데 그게 자신을 편 든 거라 생각지 못한 빚까지 저버렸다.

'하긴 아버지를 봐서라도 나쁘지 않겠지.'

그는 일단 기다리기로 마음먹었다. 문득 든 생각이지만 자신이 아무리 강해도 이곳은 고향 땅. 더욱이 유일한 핏줄인 부친은 이 나라의 수장이다. 그것을 무시할 수 없다면 오히려 저런 예외는 감수하고 인정할 만하다. 그렇다고 봐주거나 그냥 넘어간다?

아니다, 다른 이유도 있었다.

본래 쥐새끼는 말귀를 알아먹는 동물이 아니라는 게 그의 확고부동한 가치관이었다.

『서린의 검』 2권에 계속…

까불지마!

2 까불지마!

1 까불지마!

1

까불지마!

까불지마!

FUSION FANTASTIC STORY

무람 장편 소설

『태클 걸지 마!』의 무람 작가가
풀어내는 신개념 현대판타지 소설!

24살의 대한민국 청년, 강태영
타고난 병으로 인해 온몸의 근육이 힘을 잃어가는 그가 부모마저 잃었다!

"제기랄! 이 빌어먹을 몸뚱이!"

좌절하여 모든 걸 포기하려던 바로 그날.

파르르릉! 번쩍!
강태영을 향해 떨어진 푸른 날벼락.
그리고 그가 눈을 떴을 때
그를 기다리고 있는 것은……

**날 비참하게 만들던 세상이여
더 이상 까불지 마라!**

Book Publishing CHUNGEORAM

유행이 이닌 자유추구 -
WWW.chungeoram.com

ALCHEMIST

알케미스트

FUSION FANTASTIC STORY   시이람 장편 소설

2013년, 또 하나의 현대물이 깨어난다.
현대에서 펼쳐지는 연금마법진의 진수!

인간 최초의 9서클을 이룩한 마법사 아스란.
죽음의 위기에서 그가 남긴 유지가
차원을 넘어 지구에 떨어진다.

일리미트 비블리어시카(Illimite bibliotheca)!

그 무한한 힘과 지식을 얻게 된 김창준.
3년 전으로 돌아간 날을 기점으로,
삶이, 인생이, 그의 희망이 바뀐다!

현대에 강림한 진정한 마법사의 전설!
끝도 없이 세상을 향해 날개를 펼치다!

무정철협

월인 新무협 판타지 소설

FANTASTIC ORIENTAL HEROES

「두령」, 「사마쌍협」, 「장홍관일」의 작가 월인
2013년 벽두를 여는 신무협이 온다!

삭초제근(削草制根)!
일단 손을 쓰면 뿌리까지 뽑아버렸다.

무정(無情)!
검을 들면 더 이상 정을 논하지 않았다.

그래서 나는 무정철협이 되었다.

진정한 협(俠)을 아는가!
여기 철혈의 사내 이한성이 있다!

「무정철협」

Book Publishing CHUNGEORAM

유행이 아닌 자유추구 -
WWW.chungeoram.com